MW01608675

Se libérer
par l'hypnose

DU MÊME AUTEUR
AUX ÉDITIONS PAYOT

Comment améliorer son destin. Neuf clés pour mieux vivre sa vie

Venir au monde. Les rites d'enfantement sur les cinq continents

Lise Bartoli

Se libérer par l'hypnose

Dix exercices d'autohypnose à tester pour aller mieux

Petite Bibliothèque Payot

Retrouvez l'ensemble des parutions
des Éditions Payot & Rivages sur

www.payot-rivages.fr

Une autre version de ce livre a paru, en 2008, aux
Éditions Plon, sous le titre *Je me libère par l'hypnose.
L'inconscient au service du bien-être.*

© 2010, Éditions Payot & Rivages,
pour la présente édition,
106, boulevard Saint-Germain, 75006 Paris.

AVANT-PROPOS

Dans notre vie de tous les jours, on agit le plus souvent en lien avec notre partie consciente, sans toujours imaginer que l'inconscient a un impact primordial sur nos actes et pensées. On s'en aperçoit surtout lorsqu'il nous signifie par la maladie, le mal-être et autre symptôme qu'il serait temps de changer... L'inconscient est un formidable allié. Faire appel à cette part de soi est un moyen rapide de se comprendre et de s'aider soi-même... L'hypnose est un état amplifié de conscience qui va justement permettre de saisir ce que cette partie inconsciente veut nous dire et lui communiquer nos désirs afin de provoquer les changements voulus. Lors des séances, le patient n'est pas endormi. Au contraire, il est très actif puisqu'il est intérieurement en lien avec sa partie inconsciente ! Ainsi, contrairement à ce que l'on pense, la nouvelle hypnose réveille la conscience plutôt qu'elle ne l'anesthésie...

Ce livre se veut pratique : les descriptions de

l'hypnose pour adultes et enfants sont accompagnées de cas cliniques réels, mais les noms des personnes et certains détails ont été modifiés afin de respecter l'anonymat des patients. La dernière partie comporte des exercices pour que vous puissiez vous entraîner à l'autohypnose à votre rythme.

PREMIÈRE PARTIE

Fonctionnement de l'hypnose

Un peu d'histoire

Le mot « hypnose » suscite de nombreuses peurs : crainte d'être manipulé, de perdre le contrôle, de lâcher prise, de ne plus être soi, d'être « inconscient ». Lors d'un premier rendez-vous, je rassure toujours : le consultant est maître à bord et gardera son libre arbitre. Mais je comprends ces réticences, qui prennent racine tant dans les spectacles destinés à impressionner le public que dans l'histoire même de l'hypnose, à une époque où l'effet thérapeutique était étroitement lié à la perte totale de connaissance. Car l'hypnose existe depuis longtemps mais sous différentes formes, quoique se nourrissant aux mêmes sources. Déjà, dès l'Antiquité, on retrouve trace du désir de modifier la conscience chez les Égyptiens par exemple ou chez les Grecs. Mais, d'un point de vue scientifique, les débuts de l'hypnose remontent au XVIIIᵉ siècle, avec Anton Mesmer et ses séances collectives de magnétisme. Il place les patients autour d'un baquet rempli

d'eau magnétisée d'où sortent des tiges aux-
quelles les consultants s'accrochent. Mesmer pratique alors des passes de magnétisme sur chacun
d'eux au son d'une musique de chambre. On
note des crises de convulsions, des endormisse-
ments soudains, et aussi des guérisons spectacu-
laires. Selon Mesmer, son travail consiste en un
rééquilibrage. Il pense que l'univers est rempli
d'un fluide subtil invisible qui, lorsqu'il est mal
distribué, donne lieu à des maladies. Pour guérir,
il suffit donc de canaliser ce fluide et de le transmettre aux personnes qui en ont besoin. Il croit
en une forme d'unité reliée par un même fluide.
L'effet thérapeutique tient alors peut-être par
ce baquet qui symboliquement relie tous les êtres,
comme des bébés assemblés à leur mère par ces
bouts de ficelles qui pourraient représenter le
cordon ombilical. Voie d'ouverture, de nourriture, de lien. Au-delà de cette mise en scène,
Mesmer trouve un des principes fondateurs de
l'hypnose moderne puisqu'il affirme que pour
guérir un malade, il faut en tout premier lieu
établir avec lui une relation étroite pour se mettre
en harmonie avec ce dernier. Nous verrons plus
loin que ce concept de lien, d'harmonisation et
de résonance est d'une grande importance pour
l'hypnose éricksonienne.

Vers la fin du XVIIIe siècle, un disciple de Mesmer, Armand de Puységur, découvre le «som-
nambulisme artificiel», c'est-à-dire un sommeil
profond qu'il déclenche chez ses patients. Plus
de crise convulsive lors de ces séances. L'état des

patients est plus paisible. Il ressemble plutôt à ce qu'on appelle maintenant la transe hypnotique. Durant les séances, Puységur est surpris par la clairvoyance de ses consultants qui arrivent à trouver eux-mêmes la solution à leurs problèmes, voire aux problèmes d'autres personnes qui leur sont inconnues. Il en conclut que la personne en sommeil thérapeutique est lucide, bien consciente, et qu'elle entre dans un état visionnaire qui lui permet d'être son propre guérisseur. Le magnétisme devient alors révélateur de facultés importantes, par les richesses profondes que tout être possède déjà naturellement à l'état latent. Sur ce concept repose toute l'hypnose moderne.

Les techniques qui consistent à se concentrer sur un point fixe, le regard de l'hypnotiseur ou un objet arriveront par la suite. De Faria ajoute une particularité supplémentaire en parlant pendant la séance.

Au milieu du XIXe siècle, Charcot est saisi le jour où il assiste à un spectacle de music-hall dans lequel un artiste hypnotise facilement des spectateurs. Il décide alors d'utiliser l'hypnose et d'en étudier les phénomènes physiologiques afin d'apporter des preuves scientifiques dans son école de la Salpêtrière à Paris. Selon lui, les personnes hypnotisables sont hystériques.

Les scènes d'hystérie de la Salpêtrière sont bientôt critiquées par Bernheim. Selon lui, l'attitude des patients répond plutôt à un désir de bien faire et d'imitation. Au contraire de Charcot, Bernheim pense que chacun peut faire l'expérience de l'hypnose car, affirme-t-il, « c'est un état de sommeil provoqué simplement par la suggestion ». D'ailleurs, peu importe le sommeil : c'est l'imagination humaine qui provoque des miracles. On le voit, la suggestion devient plus importante que la technique hypnotique dans ce travail puisque c'est le patient qui détient en lui le pouvoir de se guérir. Il laisse de côté les fixations du regard ainsi que le magnétisme, et est à l'origine de l'école de Nancy qui s'oppose alors à l'école de la Salpêtrière.

En 1885, Freud se forme à l'hypnose auprès de Charcot et étudie l'importance de la suggestion. Au début, il utilise la suggestion directive en appuyant sur le front de ses patients afin de faire revenir les souvenirs. Il découvre en hypnose l'émergence d'un contenu psychique jusqu'alors inconnu et auquel il associera le nom d'inconscient. Il abandonne ensuite l'hypnose, dont il maîtrise difficilement les effets et qu'il juge trop « mystique », pour la remplacer par la libre association des pensées, point de départ de la méthode qu'il crée : la psychanalyse.

La découverte de la psychanalyse met pour un temps l'hypnose dans l'ombre. En France, un des premiers à croire et à vouloir faire revivre l'hypnose, tentant de la faire admettre auprès des médecins, est Léon Chertok. Ce psychiatre et psychanalyste pratique l'autohypnose et entreprend de nombreuses recherches dans les années 1970 dans son laboratoire d'hypnose expérimentale. C'est toutefois toujours l'hypnose directive qui est utilisée. Aux États-Unis, l'éclipse hypnotique est moins longue. En effet, cette pratique est remise au goût du jour afin de traiter les nombreuses névroses traumatiques qui apparaissent après la Seconde Guerre mondiale. Avec le psychiatre américain Milton H. Erickson, l'hypnose retrouve ainsi une nouvelle jeunesse. Né en 1901, cet homme est atteint de poliomyélite à l'âge de dix-sept ans. Décidé à vaincre sa paralysie à force d'expériences corporelles et d'entraînement, il prend beaucoup exemple sur sa petite sœur qui faisait alors ses premiers pas. D'un côté, il observe toutes possibilités d'apprentissage, et, de l'autre, il tente de se remémorer toutes les sensations qu'il avait avant dans son corps pour à nouveau faire bouger chaque membre puis finalement être capable de se mouvoir. Il pratique donc l'autohypnose sans le savoir. Il expérimente ainsi l'incroyable pouvoir de la pensée, ce qui lui permet d'activer des mouvements corporels et contrôler des douleurs puissantes. Il est convaincu que tout le monde peut arriver ainsi à retrouver en soi des capacités de guérison. Devenu médecin en 1928, il travaille sur l'hypnose qu'il décrit comme « une attention intense mais focalisée », qui s'oppose aux idées de l'époque. C'est une nouvelle conception de l'inconscient qu'il développe à travers les multiples cas qu'il traite au fil des années. Il meurt le 20 mars 1980 alors que sa pensée continue de porter l'hypnose vers un engouement toujours constant.

CHAPITRE II

L'hypnose,
comment ça marche ?

L'inconscient :
un puits de ressources

Selon Erickson, l'inconscient possède des qualités particulières : ainsi c'est « un grand magasin de solutions et de ressources » dans lequel l'individu va pouvoir puiser pour résoudre ses difficultés. Il contient ce que nous ne savons pas que nous savons. Ces ressources, ce sont les règles sociales et culturelles que nous utilisons spontanément, dans toutes nos relations. Ce sont les expériences passées que nous pensons avoir oubliées, les sentiments et émotions qui les accompagnaient qui y sont imprimés fidèlement. C'est encore l'essentiel du langage non verbal. Chacun possède les ressources nécessaires tout autant que la possibilité de les acquérir car la faculté première de tout être humain est justement sa capacité à apprendre.

Selon Erickson, l'inconscient protège la personne activement. C'est pourquoi, en état d'hypnose, c'est une réponse inconsciente qui est recherchée car elle est jugée pertinente pour le sujet dans sa totalité. Le postulat est que l'inconscient fait beaucoup mieux que le conscient.

Il arrivait à Erickson de dire à ses patients une phrase dont je me sers toujours pendant mes séances : « Et votre inconscient enseigne à votre conscient... »

Entrer dans un état amplifié de conscience

Être en connexion avec le niveau inconscient induit forcément un état spécifique pour changer d'état de conscience. L'état de conscience ordinaire est celui que vous connaissez la plupart du temps au quotidien. Il vous permet d'être en phase avec la réalité. On l'appelle aussi « raison », « mental » ou « état de veille ». Ainsi, lorsque vous travaillez, faites vos courses, parlez avec vos amis, etc., c'est en état de conscience ordinaire. Il vous permet d'intellectualiser, de trouver des solutions grâce à la logique de cause à effet que vous avez intégrée et les croyances qui vous portent. Cet état vous permet de vous comporter aisément dans le cadre culturel et social au sein duquel vous avez été élevé. L'état non ordinaire de conscience, que l'on nomme également état modifié (ou amplifié) de conscience, se trouve dans les rêves, lorsque le mental s'apaise. Alors il peut y avoir pléthore d'images, mots et autres messages qui surgissent pour nous communiquer intuitivement d'autres manières de faire et de penser. Comme il s'agit d'un phénomène naturel, il survient également chez chacun spontanément dans de multiples circonstances. L'hypnose spontanée, ou passive, s'éprouve ainsi quotidiennement dans une réunion ennuyeuse, ou dans un train lorsqu'on regarde le paysage défiler et qu'on laisse flotter le cours de ses pensées. En séance, c'est cet état que nous recherchons. L'état d'hypnose va permettre au consultant d'être actif dans un processus de changement. Tout le monde peut y arriver puisque c'est un processus connu de tous ! Y parvenir tout seul exige en revanche un peu d'entraînement. Déjà, on peut affirmer que lorsque la personne accepte ce changement d'état de veille à l'état modifié de conscience, elle se montre capable d'accepter les autres changements, plus profonds, qui vont suivre...

Pour provoquer cet état amplifié de conscience, il faut en premier lieu se relâcher physiquement. Détendre le corps apaise tout l'être et alors le mental s'estompe. Une fois le corps bien détendu, le thérapeute guide le patient vers l'état hypnotique qui permet d'activer toutes ses ressources inconscientes. La volonté n'a pas sa place dans ce processus. Il s'agit plutôt « d'accueil ». Accueillir les sons, les images, les métaphores. Car l'inconscient communique par le biais du contenu sym-

bolique qui nous habite. On « voit », on « entend »
non pas comme dans la vie ordinaire mais plutôt
comme dans un rêve. La différence est que l'on
n'est pas endormi. Ainsi, on contrôle en partie
cette activité et on peut donc activer des trans-
formations qui nous semblent bénéfiques. Certaines images sont universelles et ce sont celles
que nous employons en groupe d'autohypnose
ou dans les enregistrements audio, car elles
parlent à la majeure partie des personnes. Toutefois, certains sujets voient apparaître une autre
métaphore. C'est que celle-ci leur correspond
mieux. L'inconscient est apte à juger les symboles pertinents et à les remplacer par des représentations plus puissantes s'il le souhaite. Il suffit
de laisser faire et surtout de ne pas se juger. L'inconscient nous guide… Laissons-nous guider !

Communiquer
avec son inconscient

Afin d'entrer en état amplifié de conscience
et d'aller puiser dans son grand réservoir à ressources, je propose à chaque patient de dissocier les deux parties en lui. On profite de la
relaxation pour que le mental reste avec le corps
sur le fauteuil. L'autre partie, plus subtile, que
nous nommons la partie inconsciente, s'en va
dans un autre monde que la personne crée. C'est
ce que j'appelle le « lieu ressources ». Chacun invente l'endroit qui lui semble le plus sécurisant

et le plus merveilleux. Parfois, c'est un emplacement connu et associé au bien-être. Le patient
y a déjà séjourné pendant des vacances, récem
ment ou lors de l'enfance, par exemple. Pour
d'autres, il s'agit d'un lieu idéal, du type « carte
postale ». Les lieux privilégiés sont les bords de
mer aux plages de sable fin et blanc plantées de
palmiers. Il y a ceux qui préfèrent la montagne
et ses hauteurs, ou les campagnes fleuries. À
chacun son décor, en fonction des informations
enregistrées depuis l'enfance de ce qui est beau
et apaisant. Certaines personnes choisissent un
univers mythique ou magique, comme le voyage
dans les étoiles, une balade sur un nuage, une
autre galaxie… Tous ces choix sont respectables
et chaque détail, révélateur des codes inconscients de chacun. Par exemple, un sujet ayant
besoin de renforcer sa protection en la matéria-
lisant dans son univers s'autorise à édifier des
barrières, des murs. Je me souviens d'Elvire, qui
se retrouvait les premières séances dans un très
beau jardin clos par des fils de fer barbelés.
Cette sécurité répondait aux angoisses de cette
sexagénaire qui avait l'impression d'être depuis
toujours manipulée par ses proches. Au bout de
trois séances, les barbelés disparurent…

L'art de suggérer…

L'hypnothérapeute guide le patient vers un
état modifié de conscience grâce à diverses tech-

niques suggestives. Vous connaissez sûrement la suggestion directe, qui est la plus connue. C'est une forme directive qui était beaucoup utilisée dans le passé, comme : « À partir de maintenant, vous apprécierez pleinement le livre que vous êtes en train de lire. » Lorsqu'elles sont utilisées en nouvelle hypnose, les suggestions directes sont souvent plus permissives. Ainsi il pourra être demandé : « Pendant que vous êtes assis confortablement, vous pouvez vous permettre d'apprécier le contenu de ce livre. » Dans ce cas, le sujet ne se sent pas forcé : lui seul choisit, ou non, d'obéir.

Mais ce sont les suggestions indirectes qui sont le plus utilisées en nouvelle hypnose. Par exemple : « Je me demande, alors que vous êtes assis dans votre siège, si vous allez commencer en premier par savourer la première partie de cet ouvrage ou bien les exercices d'autohypnose. » Rien n'est imposé, mais c'est un choix illusoire car le sujet accepte un message (dans ce cas, « j'aime ce livre ») qui n'offre que deux variantes (la partie théorique ou la partie pratique).

Le thérapeute parle avec un ton de transe doux, monocorde, lent et rassurant. On étire les voyelles (par exemple : *tandiiiiiisqueeeee vouus liiiiiseeez*). La voix de transe permet de guider le sujet afin qu'il entre dans un état modifié de conscience. On utilise des mots simples ainsi que de nombreux mots de liaison (tandis que, pendant que, et, alors que, etc.). Ces mots permettent l'effet de continuité dont a besoin l'inconscient, surtout après avoir marqué des pauses. De plus, ils servent à relier deux idées, ou deux éléments qui peuvent être disparates. Par exemple : « Pendant que vous lisez ce livre, vous pouvez percevoir la position de votre dos. » C'est la liaison « pendant que » qui fait le lien. Il est possible que, sinon, vous n'auriez pas relié les deux idées par vous-même… Ce type de liaison nous permet ensuite de relier des idées qui guident vers plus d'approfondissement. Par exemple : « Tandis que vous lisez ce chapitre, vous vous détendez de plus en plus. » J'induis un relâchement supplémentaire et uniquement grâce à mon mot de liaison ! Les possibilités sont multiples et peuvent être créées à volonté. Ainsi, maintenant, si je désire introduire une pensée positive, je peux tenter : « Alors que vous êtes installé dans votre siège et que vous continuez de lire mon ouvrage, vous vous permettez de penser que vous détenez en vous de véritables potentiels à développer. »

Quant aux pauses, elles sont significatives. Par exemple, on peut souligner un mot (ou un groupe de mots) afin d'inclure dans une phrase une idée importante. Dans ce cas, soit on augmente la tonalité de la voix sur ce mot, soit on marque une pause avant et après ce mot afin de le mettre en évidence. Par exemple : « Chaque fois que vous tournez les pages de ce livre, vous avez l'impression d'être de plus en plus… (pause) captivé… (pause) par ce qui est décrit. » Il n'y a pas que les mots. L'inconscient communique par des rêves, des images, par un langage analogique. C'est donc ce même langage qu'il convient d'employer lorsque l'on souhaite s'adresser à lui dans l'hypnose. Les métaphores sont des interventions sous forme de contenu symbolique et finalement d'images mentales. Ces images peuvent avoir plusieurs sens, le patient choisissant celui ou ceux qui résonnent avec sa propre expérience. Selon Erickson, la métaphore porte en elle-même une dynamique de changement, elle ouvre des portes, des voies nouvelles, pertinentes par rapport au symptôme parce qu'elle introduit une dissociation entre la réalité immédiate et un «ailleurs». Dans la transe hypnotique, c'est essentiellement au niveau inconscient que va opérer le travail de déchiffrage. Le patient va pouvoir capter des messages inconscients et se les réassocier. Erickson disait : «C'est au patient de faire le boulot.» Le thérapeute ne cherche pas ici à avoir raison, ni à imposer les solutions qu'il estime être les meilleures pour son patient. Que ce soit des suggestions directes ou des métaphores, le patient garde la liberté de refuser les messages, ou d'accepter ce qui est pertinent pour lui. Le thérapeute devient un guide qui permet au patient de se réapproprier sa propre capacité à changer et évoluer.

Mais pouvons-nous maintenir l'idée que le patient ne prendra que ce qu'il souhaite dans les paroles du thérapeute ? Sans doute, la manipulation est indéniable. Toute communication est une manœuvre réciproque, et c'est bien en ces termes de communication qu'Erickson définit l'hypnose. «Qu'est-ce qu'un thérapeute, sinon un spécialiste de l'influence? Si le patient vient consulter, c'est bien parce qu'il espère qu'il aura un effet positif sur des comportements que lui n'arrive pas à changer.» Pour démystifier la puissance de l'hypnose, il est important de rappeler qu'aucun hypnotiseur, aussi doué soit-il, ne peut obliger une personne à exécuter une action contre son gré ou en désaccord avec ses croyances culturelles ou spirituelles, contrairement à ce que certains romanciers ou cinéastes ont pu imaginer…

Voyons, avec le cas de Cyril, comment l'hypnothérapeute suggère et comment le patient élabore. Cyril est consultant et il adore son métier. Il est fier de son évolution professionnelle car il dirige déjà des équipes alors qu'il a à peine trente-trois ans. Il vient me voir pour soigner son trac. À chaque rendez-vous, il est pris d'une angoisse qui grandit en fonction du nombre de personnes qu'il doit coacher. Il dit aimer s'exposer et prendre la parole, mais il décrit aussi un autre lui-même. «C'est comme s'il y avait deux personnes en moi. Une qui voulait parler et l'autre qui l'en empêche. J'essaye de ne pas y penser, mais ça peut parfois aller jusqu'à me paralyser. Je m'en suis toujours bien sorti, avec une pirouette, mais j'ai peur qu'un jour on s'en aperçoive vraiment et alors je ne serai plus crédible.» En faisant le point sur sa vie, il apparaît clairement que Cyril est impressionné par deux hommes : son beau-père, qui est «très autori-

taire, très sévère, mais juste », et son père biolo-
gique qui l'a abandonné alors qu'il était bébé.
Le second personnage masculin qu'il idéalise est
son frère aîné, « mais il ne m'aime pas, précise
Cyril. J'ai cherché toute ma vie à être aimé de
lui »… Je suggère que son trac vient peut-être
de son profond besoin d'être aimé. Il semble en
accord avec cette proposition. Nous mettons en
place deux séances d'hypnose. La première sur
l'émotionnel relié à son état « d'impressionnabi-
lité ». Je l'incite à construire son lieu ressources,
qui est pour lui une forêt avec une rivière « à
sec », comme lorsqu'il n'arrive plus à trouver de
mots, de solutions en réunion. Ce qui m'intrigue,
c'est qu'il observe que « tout ce que je vois est à
droite ». Ensuite, lorsque j'évoque que son trac
doit être « quelque part logé dans son corps », il
trouve tout de suite : « C'est dans mon ventre,
le côté droit de mon ventre. » Je lui demande
d'observer ce trac et de le symboliser : il y a une
corde de pendu (qui lui serre la gorge, l'empêche
de parler…). Alors je suggère que son inconscient se débarrasse de ce symbole qui lui gâche
l'existence, de ce trac. Il se visualise en train
d'ouvrir son ventre au laser pour en extirper la
corde et la jeter. Je demande au niveau inconscient ce qui peut réparer cette partie droite du
ventre maintenant. Il installe dans son ventre
une « boule d'énergie jaune, comme un soleil ».
Il ressent alors une sensation de calme et d'assurance. Depuis, il me dit qu'à chaque réunion il
visualise le soleil au même emplacement et que

tout se déroule parfaitement bien. Il parle de façon claire et limpide. Comme vous pouvez le voir, je n'ai à aucun moment donné les codes à Cyril. Je l'ai juste accompagné dans son désir de voir son trac disparaître. C'est son esprit inconscient qui trouve seul tous les codes et qui exécute le travail. Ce qui est amusant dans le cas de Cyril, c'est que tout est à droite : il ne voit « que » ce qui est sur la droite de son lieu ressources. Puis son mal se loge « dans le côté droit du ventre »… Lorsqu'on connaît ce que symbolisent les codes universels gauche/droite, gauche = féminin, mère, et droite = masculin, père, je me dis que sa problématique était en effet bien du côté père… Et au final, l'inconscient de Cyril, qui a brillamment réussi à extirper ce qui le ronge, se répare grâce à une boule « comme un soleil », et lorsqu'on sait que le soleil symbolise aussi le père, on réalise qu'il est bénéfique de laisser travailler l'inconscient qui détient les codes universels…

CHAPITRE III

Les phénomènes
physiologiques sous hypnose

Synchronisation
des deux hémisphères

La neurophysiologie nous apprend que notre cerveau est partagé en deux hémisphères, chacun avec une fonction propre selon telle ou telle situation.

Ainsi, le cerveau gauche permet le traitement digital de l'information, et obéit à un code arbitraire et conventionnel. Le langage est scientifique, logique, analytique. Il reconnaît les concepts de temps (passé/présent/futur) et aussi la négation. Le cerveau gauche est celui qui contrôle, analyse tous les éléments vécus pour établir le présent et le futur, il est rationnel, logique. Il organise et classe. On fait appel à lui pour toute pratique de calcul ou de langage.

Le langage du cerveau droit privilégie le canal analogique. Tout en images, le langage

« hémisphérique droit » communique des émotions plus que des idées, des métaphores plus que des concepts. Hors du temps, il ne peut comprendre la temporalité ni la négation. Il touche les émotions, est plus intuitif, plus instinctif. Plus créatif, il appelle la nouveauté. Il perçoit la globalité. On fait appel à lui pour la musique, l'art en général et l'intuition.

Notre hémisphère gauche étant particulièrement sollicité dans la culture occidentale, il domine beaucoup nos comportements, notre mode de vie et de pensée. Bien sûr, la séparation des hémisphères est toute relative, puisque nous pratiquons les deux langages en même temps. Il n'est pas question de léser une partie du cerveau. Mais plutôt de mieux valoriser chaque partie afin de se sentir plus « unifié » et en équilibre. Toutefois, vous l'avez compris, c'est la partie droite qui va nous aider à connecter l'inconscient. C'est elle qui nous permet de puiser dans nos ressources inconscientes afin d'apprendre de nouveaux comportements et ainsi ressentir avec plus d'intuition. En état amplifié de conscience, on peut finalement établir ce pont entre les deux cerveaux et les synchroniser pour plus d'harmonie. En séance, les hypnothérapeutes font donc particulièrement appel à l'hémisphère droit. Plutôt que de dire, on évoque. Par exemple, pour apporter une impression de légèreté, plutôt que de demander à la personne de se sentir légère, il est encore plus puissant de lui communiquer les images qui y sont liées (un ballon s'envole, un oiseau vole au-dessus des montagnes, une plume dans le vent, etc.). Plus que le mot, c'est l'idée de légèreté qui sera comprise grâce à ce langage métaphorique. Les métaphores permettent au langage de modifier la représentation du monde du patient. Les thérapeutes évitent également d'utiliser des suggestions sur le mode négatif pour ne pas faire appel au langage du cerveau gauche qui risquerait de se rappeler la tâche et non la négation. Par exemple, le patient à qui l'on suggère de « ne plus se réveiller la nuit » risque au contraire de continuer ses insomnies. Il est préférable de garder la forme affirmative et de lui recommander « de dormir de façon continue »…

Des ondes plus lentes dans notre cerveau

Des ondes d'énergie électrique parcourent notre cerveau nuit et jour. Selon notre état de conscience, elles vont être de différentes fréquences. Ces ondes peuvent être enregistrées par EEG (électro-encéphalographe) :

ONDES BÊTA

Ces ondes sont rapides (au-dessus de 13 cycles par seconde) : ce sont les ondes qui marquent la vigilance lors de l'état ordinaire de conscience. Lorsque trop d'ondes bêta dominent incessamment les activités du cerveau, ce n'est pas bon signe. En effet, lors de l'EEG, leur flux est prédominant chez les personnes stressées, anxieuses ou insomniaques.

ONDES ALPHA

Ces ondes plus lentes varient entre 8 et 13 hertz. Elles révèlent un état de rêverie. Elles apparaissent en nombre important chez des personnes naturellement sereines ou en relaxation. Plus les ondes alpha sont fréquentes, plus la personne gagne en équilibre et en calme. Lorsque nous rêvons, ces ondes parcourent notre cerveau. C'est aussi le niveau hypnotique premier. On glisse ensuite vers le thêta et parfois vers le delta.

ONDES THÊTA

Ces ondes très lentes varient de 3 à 7 hertz. Elles sont produites lors des états entre veille et sommeil, c'est-à-dire juste avant de basculer dans le sommeil. On retrouve ces ondes dans les mouvements rapides des yeux qui marquent la phase du sommeil où l'on rêve, les fameux REM (Rapid Eye Movement). Ces ondes peuvent aussi apparaître sans dormir mais en état de transe, surtout chez les personnes habituées à méditer.

ONDES DELTA

Ce sont les ondes les plus lentes : entre 0,5 et 3 hertz. Elles signifient que la personne est en sommeil profond sans rêve ou encore dans le coma. Il n'y a pas de participation de la conscience.

L'hypnose
fabrique du bien-être !

L'hypnose intervient en lien avec l'hypophyse et l'hypothalamus, jouant sur les sécrétions hormonales. Le changement opéré est visible sur la pression artérielle, sur le taux d'oxygène dans le sang, ainsi que sur les sécrétions digestives.

Sous hypnose, le corps produit aussi des hormones de plaisir ! Ce sont des substances qui s'apparentent aux drogues douces : elles calment, procurent une véritable sensation de tranquillité et de paix intérieure, mais agissent aussi sur la concentration, la sexualité et le sommeil. Le cerveau produit naturellement cet antistress lorsqu'on est heureux : un bon dîner entre amis, un baiser amoureux, l'écoute d'une musique qui nous plaît, etc. Chaque fois que vous êtes heureux, vous produisez spontanément des endorphines. Tout comme la morphine, ces opiacés naturels apaisent aussi la douleur. Le cerveau produit aussi la sérotonine en hypnose qui accentue les visualisations.

Hallucinations sensorielles

La perception des sensations est transformée sous hypnose (sons, odeurs, goûts, visualisations et sensations kinesthésiques). L'attention du sujet est centrée sur lui-même et non sur l'extérieur. Ainsi, les bruits extérieurs s'atténuent jusqu'à devenir parfois totalement inaudibles.

Le sujet peut aussi ressentir des hallucinations positives (sensation de chaleur ou de fourmillements, visualisation d'une lumière, etc.) ou encore des hallucinations négatives (lorsqu'une sensation que l'on ressentait avant une séance ne se produit plus en état d'hypnose). Ce sera le cas lors des douleurs, migraines, maux de dos qui disparaissent en état modifié de conscience. Le corps entier ou bien un membre (jambe, main, etc.) peut sembler très lourd ou au contraire très léger selon la suggestion proposée.

Le sujet peut conserver une partie de son corps très tonique (le plus souvent le bras) sans fatigue ni douleur. Ainsi le membre peut rester un long moment en lévitation, sans aucune gêne.

Les changements perceptibles en transe sont : le ralentissement de la respiration et des mouvements corporels, la modification du teint du visage ou de certaines parties du corps, le relâchement musculaire, des mouvements inconscients (comme les sursauts, les mouvements oculaires sous la paupière).

Pour finir, le temps sous hypnose n'est pas le même qu'en état conscient. Le temps peut être réduit incroyablement ou au contraire devenir très très lent. Ainsi, il est normal de perdre la notion du temps pendant une séance d'hypnose. On pourra se servir de cette altération tempo-

relle pour réduire tout ce qui est douloureux et
à l'inverse prolonger les temps de bien-être. Les
notions de passé, présent et futur deviennent
malléables. Sous hypnose, le temps n'existe pas…
Ce qui nous permet de «resculpter» le passé
pour qu'il soit acceptable émotionnellement et
ainsi pardonner à la personne qui a pu nous
blesser dans le passé. On programme le futur
dans une boule de cristal, ou grâce à un «film
du futur». On projette ce que l'on veut vivre, en
accord avec qui on est et ses désirs profonds.

Afin d'illustrer la capacité que nous possédons
de modifier le temps, je vous propose le cas de
Marie-Josée. Abusée pendant des années dès
l'âge de neuf ans, cette jolie femme de cinquante-
deux ans porte en elle une tristesse infinie qui
handicape lourdement son présent. Elle parle
d'un ton monocorde et son discours est ponctué
de sanglots. Elle aimerait pouvoir vivre en paix
mais n'y arrive pas. Elle est sans cesse rattrapée
par les atrocités du passé. Quinze années de psychanalyse l'ont aidée à reconnaître le dysfonctionnement d'un père dont la perversité était
sans limites. Cependant, ce travail l'a replongée
dans une époque si pénible qu'elle en était comme
fascinée. Je me suis servie de son lieu ressources
(une île méditerranéenne) pour l'inviter à y
ajouter une cascade d'eau pure dans laquelle
elle pouvait se nettoyer de toutes les salissures
de l'enfance. Elle s'est sentie «purifiée». Nous
avons ensuite convoqué cet homme pour qu'elle
puisse lui dire ce qu'elle avait dans le cœur et afin

que, à partir de maintenant, une voie nouvelle s'ouvre devant elle. Lors d'une autre séance, j'ai demandé à Marie-Josée de prendre le livre de sa vie et plus précisément le tome 1, en l'incitant à ne faire que feuilleter les chapitres du passé, et ce de plus en plus vite. Plus vite elle feuilletait les pages, plus le passé s'éloignait d'elle. Puis je lui suggérai de prendre un nouveau livre, le tome 2 de sa vie, pour y inscrire ce qu'elle veut vivre dans son futur. Marie-Josée me souffle que son premier livre était dans une maison qui est apparue dans son lieu ressources. Plus spécialement une pièce spécifique. Elle avait sans doute encore plus besoin de se sentir en sécurité dans un lieu fermé. Son livre de vie était usé. Après l'avoir feuilleté plusieurs fois à toute vitesse, et avoir senti que son contenu n'avait plus d'effet sur elle, elle le rangea dans un placard en bois. Lorsque j'évoquai le second tome, elle vit tout de suite le livre du futur : « Il est merveilleux ! Il a plein de miroirs et d'éclats d'or sur la couverture ! Les pages sont belles, avec un liseré d'or. Et il est entouré d'une lumière qui éclaire toute la pièce ! Je suis impressionnée parce qu'il est très gros ! » Marie-Josée va alors inscrire ses désirs de vie sur les premières pages. Elle en a écrit beaucoup ! À la fin de la séance, elle se sentait joyeuse et soulagée d'avoir mis de côté toute une partie de son existence. La séance suivante, c'est à peine si j'ai reconnu Marie-Josée tant elle était resplendissante, rayonnante. Elle dit ne plus être dérangée par son passé, et être dorénavant tournée vers le futur. Pleine de vitalité et forte d'une nouvelle énergie, elle me décrit ce qu'elle met en place dans sa vie. Tout lui semble facile et léger. Elle est persuadée qu'elle va y arriver. Contactée deux ans plus tard, elle m'annonce qu'elle est fière d'être parvenue finalement à concrétiser ses rêves tant sentimentaux que professionnels.

DEUXIÈME PARTIE

L'hypnose créative

La créativité de l'hypnose éricksonienne existe à deux niveaux : celle du patient qui laisse émerger tout son matériel inconscient afin de le laisser trouver la solution la plus adaptée à son cas, mais aussi celle du thérapeute qui reste en ouverture de conscience et dans l'accueil pendant toute la séance, pour faire appel à toutes ses ressources d'intuition en gardant le lien avec son patient d'inconscient à inconscient.

CHAPITRE IV

L'effet résonance

L'hypnose ne se pratique qu'en fonction de l'histoire du patient, que le thérapeute doit capter afin d'adapter chaque séance au cas de chacun. Certaines informations découlent de l'observation du patient. On saisit ses mimiques, les expressions de son visage, ses comportements, ses tics… Ses expressions, bien sûr, vont nous aider à décoder ses pensées et ses images métaphoriques (« je suis coincé dans une drôle de situation » ou « je traîne la patte pour aller à mon boulot »…), tout autant que ses sentiments lorsqu'il nous raconte certains épisodes de sa vie. On se servira de tous ces signaux pour vraiment comprendre l'univers de la personne. Il existe aussi un moyen supplémentaire de canaliser les informations non verbales plus inconscientes, comme se mettre totalement au diapason du rythme respiratoire et de l'état émotionnel du patient. Il s'agit d'une écoute inconsciente, de l'inconscient du thérapeute à l'inconscient du patient. Cette écoute-là nous révèle de nouveaux codes. Tout thérapeute devrait pouvoir s'exercer à se mettre en lien avec son patient en laissant émerger les images propres à cette personne. L'autohypnose aide à développer cette écoute intuitive que j'appelle la « résonance ».

Cette hypnose créative est celle que pratiquait Erickson. Rappelons que l'inconscient est riche de tout ce que le sujet a ressenti depuis qu'il est bébé, qu'il contient également tous les désirs profonds, notamment ce qu'il souhaite vraiment faire de sa vie. Il détient donc les clefs pour trouver la solution qui guidera la personne vers un mieux-être. J'utilise toujours l'échange inconscient pour comprendre au mieux l'univers de la personne, ses demandes intérieures. Et je me laisse guider par tous les éléments inconscients pour construire les futures séances d'hypnose.

Cette résonance se déroule toujours en tout début de thérapie et s'obtient en état modifié de conscience. Je demande au patient de pratiquer une respiration ventrale et de fermer les yeux quand il le souhaite. Puis je lui demande d'accueillir les images mentales, les sensations, les émotions sans tenter de contrôler ses pensées. Je fais de même, mais en dirigeant mon esprit inconscient sur la personne. Surgissent alors des images, soit statiques, soit animées, des mots ou phrases, des liens qui émergent de la partie inconsciente du patient et que j'accueille. Cette technique peut sembler étonnante tant la résonance fait écho à la problématique des patients. Pourtant, c'est une aptitude que nous avons tous. On le voit lorsqu'on rencontre pour la première fois une personne. On a déjà des « a priori » sur elle : « Je suis sûr que je peux avoir confiance en elle », « C'est le genre faux frère », « C'est l'homme ou la femme de ma vie », « On va avoir des problèmes au boulot avec elle », etc. Ces petites phrases intérieures sont fulgurantes. Alors que la personne n'a même pas ouvert la bouche, on a déjà reçu des messages la concernant. C'est que nos deux inconscients échangent des informations bien avant que nous en soyons conscients ! Cette capacité se travaille.

L'autohypnose est un bel outil pour travailler l'intuition ! La plupart de mes patients utilisent donc l'hypnose ensuite dans leur vie de tous les jours, à bien d'autres niveaux que la problématique qui les a amenés vers moi... Ce qui surgit lors des séances de résonance, ce sont toujours des symboles, des histoires métaphoriques, puisque c'est le langage inconscient.

Prenons l'exemple de Norbert. Cet homme de quarante-cinq ans consulte à la suite d'une série de maladies qu'il enchaîne depuis plusieurs années. « Des maladies rares, précise-t-il, je suis obligé à chaque fois de trouver le spécialiste approprié et ça peut prendre des mois avant qu'on trouve ce que j'ai ! » Dès qu'il trouve le remède efficace, il tombe malade à nouveau d'une autre maladie, tout aussi rare... Voilà sept ans que ça dure et ce scientifique s'est retrouvé sans travail : « Comment faire pour rechercher du travail, je suis sans cesse malade ! » confie-t-il. Lorsque je me mets en résonance, l'image mentale qui s'impose à moi est celle d'un homme qui se cloue la jambe droite. Puis je perçois l'image d'un enfant d'environ sept ans qui entend son père malade s'exclamer : « Vaut mieux être cloué au lit ! » L'ambiance à son travail n'était assurément pas bonne... Je demande donc à Norbert si son père était malade. « Ah oui alors, il est resté alité pendant des années ! », et je lui demande s'il n'avait pas un problème à la jambe droite. Surpris, il me répond que oui, en effet. Finalement je comprends que Norbert, enfant, enregistre inconsciemment cette métaphore puissante et effrayante d'un père « cloué » au lit, qu'il associe à la solution pour ne pas travailler. Adulte, il devient prisonnier de cette représentation et reste, lui aussi, cloué au lit afin de ne pas s'attirer de problèmes professionnels. À mieux regarder le parcours de cet homme, il est étonnant de constater à quel point son inconscient continuait de le « protéger » de toute activité. Ainsi, les fois où il s'engageait professionnellement, il tombait terriblement malade la veille ou le lendemain... « Je n'y suis pour rien », reconnaissait-il.

L'inconscient a ses raisons que la conscience ne connaît pas... Car cette partie de nous désire avant tout nous protéger, même si, parfois, elle trouve des solutions handicapantes comme dans le cas de Norbert. Ce sera justement le but des séances d'hypnose de reprendre les rênes et de demander à l'inconscient de trouver une solution plus adaptée afin de tout rééquilibrer... En l'occurrence, les séances d'hypnose ont permis de le couper symboliquement du modèle de ce père malade et retrouver sa place au niveau social. N'imaginez pas que le thérapeute puisse tout percevoir de la vie ou des pensées de son patient. Comme l'inconscient protège la personne, il la préserve également de toute intrusion psychique. La résonance ne révèle que les éléments utiles à la psychothérapie.

L'inconscient se fiche éperdument du temps. Ce qui s'est déroulé il y a vingt ou quarante ans est perçu comme actuel et peut se répéter à l'infini pendant toute la vie si on n'arrête pas le processus en modifiant les données inconscientes. C'est particulièrement flagrant en cas de traumatisme. Prenons l'exemple de Cassandre, une fillette âgée de huit ans, qui est venue avec ses parents. La mère m'explique qu'elle ne veut plus rester seule du tout et qu'elle a très peur chez elle depuis qu'il y a eu un incendie dans leur immeuble, un mois plus tôt. La petite, qui au début de la séance était calme et posée, commence à trembler dès que le mot «incendie» est prononcé par sa mère, les yeux grands ouverts, affolée. Ce mot est comme un déclencheur, une alarme qui met l'inconscient au garde-à-vous pour envoyer tous les signaux de danger. C'est ce que l'enfant persiste à vivre chaque fois qu'un élément (mot ou situation) lui rappelle le traumatisme de l'incendie. L'hypnose va servir à reprendre le contrôle de ces émotions grâce à une séance de conte métaphorique associée à une séance spécifiquement ciblée sur la gestion de son état émotionnel.

Voici un autre cas qui prouve à quel point l'inconscient va établir des associations qui nous sont inconnues. Martine consulte pour une gêne auditive : elle souffre d'acouphènes depuis deux ans (ce sont des bourdonnements qui sifflent dans l'oreille). Comme cela handicape uniquement son oreille droite, j'en déduis que la problématique est reliée au masculin (l'homme, le père…). La résonance me donne raison : elle met en évidence un problème lié à la représentation paternelle. Les images qui se succèdent devant mes yeux fermés sont celles d'une toute petite fille qui n'a pas plus de trois ans et d'un père qui est « parti ». J'imagine que la séparation est difficile, qu'elle ne peut être entendue… Le mot « parti » qui s'est imposé à moi me laisse penser que son père a quitté le domicile familial. Et je demande à ma patiente si son père s'est séparé de sa mère. Elle me répond que non. Ils s'entendaient à la perfection. Je suis perplexe et j'insiste : « Alors qu'est-ce qui s'est passé concernant votre père quand vous aviez environ trois ans ? » Elle blêmit : « Quand j'avais trois ans, mon père est mort ! » « Et comment vous l'a-t-on appris ? – C'est bien là le problème, car on ne me l'a pas dit. On voulait me préserver et ma famille m'a signalé simplement qu'il était "parti" sans que je sache où. Puis des mois après, on m'a avoué qu'il était "parti au ciel".» Je comprends alors pourquoi ce mot résonnait en elle… Il nous reste à chercher le lien qui veut que, à l'âge de trente-cinq ans, cette jeune femme réactive ce refus d'entendre le départ d'un homme. Elle explique que les acouphènes ont commencé lors d'un voyage en avion, il y a deux ans. Elle allait à Boston avec une collègue. On peut bien sûr imaginer qu'avec le voyage en avion, l'inconscient se rappelle la douleur d'un père «parti au ciel». Mais ça ne suffit pas. Cette femme prend régulièrement les longs-courriers pour son travail. Alors, une fois qu'elle est en état modifié de conscience, je lui demande de se rappeler sa vie sentimentale deux ans auparavant. Elle me dit que tout allait bien : pas de séparation en vue. Je lui demande de se remémorer des paroles entendues dans l'avion. C'est alors qu'elle retrouve le thème lancinant de sa collègue : elle venait d'être quittée par son compagnon et en a parlé tout le voyage… Nous avions les liens inconscients, ce qui est essentiel pour détenir tout le langage intérieur et travailler sur ces paroles d'enfant qui non seulement ont été douloureuses mais aussi incomprises à l'époque (comment un père peut-il «partir» sans dire au revoir à sa petite fille aimée ?). Il faut alors, pour guérir, reconnaître ce départ soudain du père, l'entendre vraiment pour l'accepter.

Tout hypnothérapeute apprend ou devrait apprendre à pratiquer cette écoute inconsciente, qui est un moyen rapide et précis de comprendre les codes et les liens qui se sont mis en place alors qu'on était tout petit. Certains de mes collègues préfèrent ne pas s'occuper du passé. Pour ma part, et même lorsque les personnes viennent pour arrêter de fumer, je préfère comprendre pourquoi la personne a commencé à agir ou réagir. Il est utile, par exemple, de savoir ce qu'un patient inhale comme souffrance, désir ou sensation en même temps que le tabac. Toutefois cette méthode entraîne parfois le consultant à un travail sur lui qu'il n'a peut-être pas envie de faire. Tout le monde n'est pas prêt à travailler son passé...

Ainsi ce jeune homme de vingt-sept ans qui est venu me voir pour un sevrage tabagique. Le travail de résonance lors de la première séance établit clairement un lien d'oralité qui découle de l'abandon de la mère lorsqu'il était petit. En fumant, buvant, Florian anesthésie sa souffrance, et imagine inconsciemment qu'il parvient à remplir son manque affectif. Lorsque je le lui dis, il cherche fébrilement une cigarette tout en critiquant le départ de sa mère alors qu'il n'était âgé que de cinq ans. « Ma vie est ratée à cause d'elle, elle a brisé mon existence. » Il ajoute qu'il prend aussi des antidépresseurs et fume de l'herbe. J'explique à Florian qu'on traitera la cigarette uniquement après avoir apaisé ce vide affectif, car sinon l'inconscient risque de reporter sur l'alcool ou les médicaments le manque de tabac. En l'occurrence, ce jeune homme n'est pas revenu

pour une deuxième séance. La personne qui
l'avait envoyé m'a dit qu'il avait été troublé,
qu'il y réfléchissait et qu'il reviendrait sûrement… Voilà déjà quatre ans…

À chacun son rythme. Il faut savoir le respecter. Les meilleurs résultats ne s'obtiennent
que lorsque la personne est vraiment prête. Il
aurait peut-être plutôt préféré une séance d'hypnose profonde qui lui aurait permis d'arrêter
de fumer comme par magie pendant que sa
conscience était endormie…. Bien sûr, cette
guérison est tentante. Mais elle en garde la trace
au niveau inconscient. Mon travail consiste à
inviter chacun à faire grandir la conscience
plutôt que de la fermer. Ce qui est donc tout
le contraire de ce que certains cherchent… Le
principe est le même lorsque les gens attendent
que ce soit les autres qui changent : « Moi, je suis
tranquille et eux m'exaspèrent, j'en ai assez ! »,
ou bien : « Je tombe toujours sur des gens mal-
honnêtes alors que je suis intègre », etc. Les
exemples ne manquent pas, et vous trouvez certainement nombre de ce type de plaintes autour
de vous. On peut toujours attendre que les autres
modifient leur schéma et s'énerver, se languir,
s'étioler, voire se rendre malade… Si on désire
changer, c'est soi-même qu'il faut changer en
premier ! Pour bien l'expliquer à mes patients,
j'ai inventé la métaphore du troisième palier.

C'est l'histoire d'une personne qui ne supporte
plus ses voisins d'étage. Elle s'agace car ils font
du bruit nuit et jour. Impossible de dormir. Elle

a bien essayé d'aller leur parler, ils ne veulent rien entendre. Elle a aussi essayé la force en tambourinant à leur porte. Elle a même appelé la police. Mais rien ne change et sa vie est un enfer. Elle ne mange plus, ne dort plus, se rend malade. Elle prie pour qu'ils déménagent enfin ! Mais le temps passe et ils sont toujours là. Un beau jour, une amie la pousse à déménager au cinquième étage. Elle déménage en rouspétant parce que c'est elle qui fait des efforts. Puis, une fois au cinquième, elle rencontre des gens charmants avec qui elle sympathise. Et parmi eux, il y a même l'homme de sa vie avec qui elle se marie ! Je pose la question à mes patients : « Est-ce que ses voisins du troisième ont changé ? » Non. C'est elle qui a changé et sa vie en est transformée, car elle rencontre d'autres personnes et redevient gaie, amoureuse, etc. Elle peut descendre au troisième et s'apercevoir qu'ils sont toujours là. Mais leurs comportements ne la dérangent plus... La vie est ainsi. Un changement personnel implique forcément un changement de rayonnement et donc un changement d'univers...

CHAPITRE V

L'hypnose face aux ancêtres
et aux archétypes

On l'a vu, la résonance permet d'aller à l'origine d'une problématique en redécouvrant des passés oubliés dans la petite enfance. Mais cette étape de connexion intérieure peut également nous conduire vers d'autres voies plus anciennes ou plus étonnantes. On peut ainsi toucher un point sensible qui prend racine dans le passé lointain de nos ancêtres, comme les secrets de famille qui jusqu'alors avaient été enfouis. L'inconscient en garde la mémoire. Les scènes de vie qui émergent appartiennent donc parfois au patrimoine transgénérationnel.

Christelle est une jeune femme dynamique de trente-trois ans. Elle est submergée par des crises récurrentes de boulimie depuis son adolescence. Scénariste très demandée, elle se dit perfectionniste et hyperactive. Mère de deux enfants, elle a déjà pris le temps de faire un travail sur elle : une psychanalyse de quatre ans et une psychothérapie avec un psychiatre, puis un travail thérapeutique en généalogie. Rien n'a pu enrayer les crises, qui persistent. En me résumant ce qu'elle a appris de ses thérapies, elle insiste sur le nœud de sa problématique qui, selon elle, serait son père et son grand-père paternel. Contrairement à toute attente, la résonance fait ressortir un personnage féminin. Je perçois une répétition générationnelle transmise par une femme boulimique au caractère bien trempé, violente, qui volait la nourriture de ses trois enfants. Je comprends que la nourriture est reliée à une forme de punition. Une phrase ponctue cette résonance : «On ne profite jamais de ce qui est bon.» En ce qui concerne la violence, j'ai l'image d'une claque qui vient brusquement frapper par surprise. Je lui restitue les images. Elle éclate en sanglots et me raconte qu'à l'âge de onze ans, elle a reçu une gifle pour avoir dérobé quelques carrés de chocolat : c'était en pleine nuit, pendant qu'elle dormait. Les parents, ayant découvert ce larcin, avaient tenu à ce que ce vol de nourriture soit marquant pour leur enfant. Ce fut réussi... Il me semble qu'à ce moment-là, c'est toute l'histoire maternelle qu'elle a réactivée. Mes suggestions étonnent Christelle car elle reste persuadée que l'origine de sa boulimie viendrait plutôt du côté paternel et elle ne connaît aucun cas de déséquilibre alimentaire côté maternel. Comme cela est souvent nécessaire, ma patiente part en quête de nouvelles informations. La semaine suivante, elle me dit qu'elle a questionné sa mère sur sa grand-mère. Christelle tombe de haut lorsque sa mère avoue qu'en effet sa grand-mère maternelle, qui a eu trois enfants, était boulimique. Elle en avait très peur car elle était violente et lui confisquait tous ses desserts et ses bonbons. Elle confie que ces souvenirs sont tellement lourds qu'elle avait pris le parti de ne jamais en parler. Sous hypnose, je reconnecte Christelle à toutes les sensations de plaisir. Je la guide vers toutes ses ressources de bien-être, physiques et émotionnelles, pour qu'elle réapprenne à profiter sainement de ce qui est bon. Une autre séance lui enseigne comment le principe d'une bulle de lumière protectrice peut nettoyer symboliquement les liens qui relient ses crises à sa lignée maternelle. Généralement, la personne se place, par la visualisation, à l'intérieur de la bulle. Or Christelle l'utilise autrement : elle me raconte par la suite qu'à chaque début de crise, la bulle lui parvient sous la forme d'une petite lumière qui se place devant elle, comme pour lui rappeler qu'elle peut maintenant contrôler ses compulsions. Et les crises passent. À chacun sa manière de percevoir ces outils inconscients. Encore une fois, cette histoire nous prouve qu'il n'y a pas une seule manière de faire, mais des milliers. Chacun s'adapte avec ses codes… Après quelques semaines, les crises se sont espacées et ma patiente se dit « sereine », et en profite pour mettre son énergie dans une activité sportive.

Les images mentales qui surgissent lors des

séances de résonance révèlent souvent des secrets de famille, ou des éléments qui, au fil du temps, ont disparu de la conscience familiale. Seul l'inconscient en garde trace et nous donne les informations nécessaires pour reconstruire notre puzzle de vie. D'ailleurs, auprès de mes patients, j'utilise souvent cette métaphore du puzzle qui se construit au fil des séances. L'inconscient nous donne un morceau, puis un autre. Il est parfois difficile de comprendre pourquoi on en prend un plutôt qu'un autre, cet exercice d'hypnose plutôt que celui-là. Il s'agit de faire confiance à l'inconscient. C'est comme si lui avait déjà connaissance du puzzle final et qu'il nous délivrait chaque information quand il l'estime nécessaire. Le mieux est de se laisser guider… Au bout du compte, lorsqu'on contemple le puzzle, on comprend que chaque élément avait son importance et qu'il était parfois plus facile de poser un morceau avant un autre… Les indications inconscientes ne sont pas toujours très clairement signalées. Parfois, la solution apparaît par le biais de personnages mythiques, ce qui peut sembler au prime abord plus difficile à décrypter. Comme le décrivait Carl Gustav Jung, un psychanalyste dissident du freudisme, l'inconscient personnel est relié à l'inconscient collectif dans lequel s'accumule également l'expérience de tout ce que les hommes ont vécu ou ressenti depuis des millions d'années. Ce système de fonctions psychiques est un vrai puits de connaissances, fait de sagesses anciennes et de savoir positif, qui nous permet d'avoir de «nouvelles» idées ou solutions. Ce système renferme aussi les peurs, les colères, les tristesses, tout notre côté ombres.

Selon le psychanalyste, chacun aurait une manière de se présenter socialement. Cette *persona* est un masque qui aide à plaire au monde extérieur, comme un rôle que chacun jouerait. Afin de se démasquer, Jung propose d'aller se découvrir vraiment en retrouvant sa part d'ombre personnelle, qui se cache justement derrière ce masque. Cette partie de nous plus négative et que l'on a du mal à accepter. En réconciliant toutes ces parties qui nous composent, même celle qui nous déplaît et que l'on a refoulée, on est à nouveau réunifié, ce qui permet d'être entièrement soi.

Jung décrit l'apparition d'archétypes qui permettent de mieux comprendre cette face cachée. Ces archétypes sont essentiels pour que soit révélée la part d'ombre que l'on refuse de voir, et s'expriment sous forme d'images ou de mythes.

Ces images archétypales nous en disent long sur le nœud à dénouer, la plaie à cicatriser. Elles apparaissent souvent en état modifié de conscience. Elles peuvent même s'animer, comme des petits films que l'on peut comparer à des rêves éveillés. Lorsqu'elles sont belles, ces représentations sont des anges, Dieu, Bouddha, un sage, la Mère des femmes, etc. Je fais volontairement appel aux archétypes lumineux et salutaires lors des séances d'hypnose. Chacun perçoit ces figures à sa manière. Parfois c'est juste une couleur, une lumière ou une flamme. Tout dépend des codes de chacun. L'essentiel, c'est tout ce que véhicule cette image, symboliquement et émotionnellement. L'état modifié de conscience permet de se reconnecter avec la partie inconsciente qui contient les archétypes universels qui nous aident à évoluer. Il est également possible de ressentir comme une présence intérieure ces archétypes qui révèlent la part d'ombre. Il n'est pas toujours aisé que le patient la perçoive lui-même lors des premières séances. En revanche, l'effet résonance du thérapeute permet de faire ressortir l'archétype principal qui vit psychiquement intérieurement chez le sujet. Cet archétype nous encourage à accepter cette part d'ombre. Et c'est justement sur celle-ci que le patient devra travailler. En règle générale, il m'importe peu de savoir si cet archétype provient de l'univers familial ou du patrimoine universel. En revanche, il est impératif qu'il fasse écho chez le patient !

Au fil des séances, j'ai pu isoler certains types dominants d'archétypes, ceux que l'on rencontre le plus couramment. Afin de mieux faire comprendre ces images mentales, je les ai classées et fédérées en plusieurs personnages principaux avec pour chacun un cas clinique correspondant. Bien entendu, cette liste n'est pas exhaustive. On le verra, un personnage masculin, comme le guerrier, peut tout à fait résonner chez une femme. C'est le symbole, mis en lumière par chacune de ces représentations, qui est important. Ces archétypes sont le plus souvent identifiés lors de la séance de résonance. Comme vous le comprendrez, le sujet doit faire face à ce personnage pour mieux l'accepter et ainsi le transformer. Ces personnages symbolisent des souffrances universelles, voilà pourquoi ils peuvent apparaître sous l'apparence d'un personnage d'une autre époque : un gladiateur romain, un soldat napoléonien, etc. Parfois, les patients tirent de ces modèles un lien karmique, selon le principe des vies antérieures. Je respecte leurs croyances. Mais je demande à chacun de faire face à son archétype en toute conscience, car c'est ce que représente ce parangon, en tant qu'émotion ou frein, qui est important, pas le personnage en lui-même. Les cartésiens acceptent d'être porteurs de symboles puissants. De toute façon, la force de l'archétype est telle que, quelle que soit leur croyance, les patients se retrouvent toujours dans le personnage archétypal. Ainsi, on peut se reconnaître facilement dans « l'infirmière qui soigne les blessures de guerre » sans avoir jamais été confronté à la guerre et sans bénéficier d'aucune formation médicale ! Les gens perçoivent surtout l'émotionnel qui émane du personnage, et c'est bien normal puisque c'est justement le concentré universel de leur part d'ombre.

Le guerrier

Se défendre est le principe de vie qui guide le guerrier. C'est en général une personne qui déborde d'énergie, animée d'une volonté farouche. Mais cette énergie est mise au service d'un combat. Physiquement, il a l'allure d'un soldat qui lutte sur le champ de bataille, d'un gladiateur dans l'arène, d'un chevalier du Moyen Âge en tournoi, etc. Il possède en général une armure ou bénéficie au moins d'une protection qui l'autorise à se croire capable de régler des différends, voire de se sentir invulnérable. Survivre ou rétablir la justice, par exemple, sont les mots d'ordre du guerrier : il peut parfois avoir peur de ne pas être assez protégé, ou douter de sa capacité à mener à bien sa mission.

Christian dirige avec brio une entreprise qui emploie une vingtaine de personnes. Ce quinquagénaire gagne beaucoup d'argent et est fier de sa réussite, chose qu'il met beaucoup en avant lors de la première séance. Il vient pour comprendre et apaiser ses crises de jalousie que sa compagne ne supporte plus. Il reconnaît qu'il est très exclusif mais, d'un autre côté, il affirme qu'il est très tendre et qu'il lui offre, matériellement, tout ce qu'elle désire. La résonance met en évidence un soldat prussien qui a peur d'être lâché par ses troupes, qu'il doit ainsi tenir sinon son groupe risque de déserter ou de passer à l'ennemi. Sa partie inconsciente me donne la clef de ses peurs, puisque le soldat finit par être

trahi par ses troupes et en meurt. Côté émotionnel, il s'agit de peine métissée de colère. L'empreinte laisse à penser qu'on peut former des
militaires, leur confier des secrets qu'ils trahi-
ront. Pourtant on a besoin d'eux… Cruel dilemme
que j'expose à Christian. Il se retrouve complètement dans ce portrait et m'annonce que
son père était également autoritaire : «Dans
la famille, c'est l'homme qui dirige», assure-t-il.
Quant à sa mère, elle s'est détournée de lui pour
préférer son petit frère : «J'ai tout fait pour
qu'elle m'aime. Très tôt, j'ai travaillé pour lui
acheter ce qu'elle voulait. Je continue à lui offrir
des bijoux alors qu'elle me remercie à peine.
Mes compagnes aussi ont toujours fait pareil :
moi, je les comble et ensuite elles se détournent,
après tout ce que je donne pour elles!» Les
séances d'hypnose s'articuleront autour du thème
de l'abandon et de l'apaisement intérieur. Grâce
à la visualisation, Christian va finalement apaiser
son petit enfant intérieur pour que cette souffrance cesse. Il visualise ce dernier dans le noir,
comme enfermé dans un cachot, abandonné :
«J'ai senti émotionnellement l'abandon et toute
sa souffrance», s'émeut-il. Puis l'enfant se jette
dans le vide et, avant qu'il ne tombe totalement,
il le recueille pour finalement l'intégrer totalement en lui comme un soutien. «Je sais maintenant que je ne serai jamais tout seul, jamais
plus», me dit-il en fin de séance.

La victime

Ce personnage se sent traqué. Il a peur et la résonance révèle des images de souffrances physiques ou psychiques. Il est le jouet d'un bourreau, d'un supérieur hiérarchique, d'un plus fort… La victime est souvent persuadée qu'elle ne s'en sortira pas, qu'elle sera toujours persécutée et qu'elle n'arrivera pas à vivre sereinement.

Bernadette, quadragénaire, est en proie à des crises d'angoisse depuis trois ans. Même sous antidépresseurs et anxiolytiques, les attaques de panique continuent. Son psychiatre a doublé les doses, mais elle persiste à éprouver de soudaines paniques, particulièrement sous terre (métro, RER). De plus, elle ne cesse de broyer du noir et de pleurer. Elle vient pour sortir de cette spirale car elle a peur de transmettre ses angoisses à sa fille de douze ans, qui souffre déjà de diverses allergies. La pression qu'elle ressent dans le noir et sous terre me fait songer au processus de la naissance. Je la questionne. Elle m'informe que son père est mort le jour de l'accouchement. Elle ajoute, comme un lien soudain : « Je suis reliée à la mort. D'ailleurs lorsque j'étais enceinte, les médecins ont cru que j'allais perdre mon bébé. J'ai eu peur de la perdre… J'ai peur de transmettre mes idées de mort à mon enfant. » La résonance transmet des images de gouffre, de souffrance et d'agression sous un pont. La phrase d'une petite fille surgit : « Je ne pourrai pas me défendre.» Bernadette est interloquée : «Je me suis fait agresser par deux jeunes sous un pont il y a deux ans.» La séance d'hypnose lui permettra de canaliser symboliquement toutes ses angoisses en les maintenant à distance : elle les enferme dans un coffre qu'elle enterre dans un coin de son lieu ressources. La semaine suivante, elle m'annonce qu'elle n'a plus de coup de pompe et qu'elle dort bien maintenant, contrairement à son habitude. Quelques semaines plus tard, sa fille se fait aussi agresser par deux jeunes à la sortie du RER, puis la semaine suivante chez elles, ce qui réactive les angoisses de Bernadette, surtout la nuit. Je lui apprends à mettre sa famille sous une bulle de protection afin qu'elle se rassure sur sa capacité à maîtriser la situation et ainsi se dégager d'une possible culpabilité à ne pas savoir protéger ses proches ou à leur transmettre ses anciens schémas… Elle reprend de l'assurance. La séance suivante se concentre sur une réussite passée : elle retrouve le souvenir d'un moment où elle était parvenue à atteindre à la nage une petite île avec sa fille. Je demande à l'inconscient qu'il enregistre toutes les ressources physiologiques et psychiques qui concernent cette victoire pour réaliser une pro-grammation positive dans le futur. À la fin de l'exercice, elle s'exclame : «J'ai cru que je n'y arriverais pas et pourtant on y est arrivées. C'est comme ce à quoi nous avons dû faire face, elle et moi : on s'est fait agresser, mais on s'en sortira !» Sa fille vient aussi faire deux séances d'hypnose.

Les semaines suivantes, les crises d'angoisse de Bernadette vont s'espacer jusqu'à être maîtrisées totalement. «J'arrive à contrôler les angoisses dès qu'elles arrivent maintenant! Ça m'épate! Je ne me jette plus comme avant sur les médicaments. Il y a seulement une fois où j'ai eu recours à l'anxiolytique ces dernières semaines.»

L'infirmière

Voilà un archétype commun à toutes les personnes qui sont sans cesse dévouées aux autres et qui, pour la plupart, possèdent le sens du sacrifice. L'infirmière passe son temps à soigner et assister. Elle a l'impression d'être une pièce maîtresse: on a besoin d'elle et, justement, elle a l'énergie nécessaire pour continuer à soutenir ses proches contre vents et marées. Ce rôle est très valorisant. Toutefois, le revers de la médaille, c'est le découragement et l'épuisement. Car elle risque de se sentir affaiblie par toute la force que les autres lui prennent. Si elle attend un retour des personnes dont elle s'occupe, elle peut se sentir déçue, voire incomprise.

Aurélie est une grande et belle brune de trente-quatre ans que l'on sent énergique et pleine d'enthousiasme. Elle a déjà suivi une thérapie pendant trois ans avant de venir à mon cabinet. Elle raconte qu'elle a dû arrêter son travail d'attachée de presse pour s'occuper de ses deux enfants car, son mari travaillant en libéral, elle doit être là pour s'occuper de la maisonnée. Elle aimait beaucoup son métier qui remplissait son temps et ses attentes. Depuis cinq ans, elle met son énergie au service de sa famille. Elle souhaite se connaître encore mieux et vient consulter pour son propre développement personnel. Contrairement à l'image qu'elle donne en réalité, son archétype est plutôt déprimé! L'image qui apparaît est celle d'une religieuse infirmière qui assume difficilement son rôle d'assistanat qu'elle juge lourd, douloureux. Elle aide, mais pas dans le plaisir, refusant les émotions qui pourraient trop la submerger. De plus, elle souffre d'être seule à tout porter, sans aucun retour positif d'elle-même car personne ne la prend en considération. À la lumière de ces images mentales, je demande à Aurélie si elle accepte cette part d'ombre qui semble bien différente de ce qu'elle affiche. Elle se reconnaît dans cette lutte constante à tout organiser, tout faire pour que chacun soit heureux. Elle a connu son mari à l'adolescence et ses beaux-parents ont tout fait pour casser cette union. Elle a donc déployé beaucoup d'énergie pour être intégrée dans la famille, mais sans succès. Elle entend bien le personnage d'infirmière, pourtant elle s'interroge sur celui de la religieuse avant de réaliser : « Je ne suis pas de la même religion que mon mari et mes beaux-parents ont lourdement insisté sur cette différence. J'ai toujours souffert de leurs remarques à ce sujet. » Les ré-

sonances résultent des connaissances inconscientes. Chacun sait pertinemment ce que les
archétypes veulent dire. Il suffit de mettre un
peu de lumière sur ces symboles pour se les rappeler. En général, le déclic s'effectue dès la première séance. Pour d'autres, il faudra attendre
une révélation ou un événement qui fera sens.
Nous allons travailler cette infirmière afin qu'elle
s'en libère. Lorsqu'elle la contacte sous hypnose,
Aurélie est émue. Elle la voit en train de sauver
un enfant de la noyade. Elle me dira après qu'elle
a failli se noyer et que son premier enfant aussi.
«Tout me paraît clair maintenant, je vais la remercier et la laisser repartir vers une chapelle.»
Aurélie se rappelle alors que sa mère voulait
partir de la maison lorsqu'elle était bébé mais
qu'elle est restée pour l'élever. Elle comprend
que tout ce qui a trait à la famille est inscrit
comme un sacrifice incontournable... Deux autres
séances apporteront de l'apaisement et une
envie de s'occuper d'elle.

Le trahi

Cet archétype souffre d'une trahison qu'il porte
symboliquement en lui comme une balle logée
dans le dos, une flèche à l'épaule, un piège tendu
dans lequel il est tombé, etc. Si la personne qui
l'a trahi était un ami, un associé, la blessure n'en
est que plus profonde. Dans la réalité de la vie,
le patient se méfie de son entourage. Ce manque

de confiance se porte sur la sphère amicale, amoureuse ou professionnelle.

Juliette, jeune femme de vingt-neuf ans, a déjà consulté pour sa timidité. Elle a vu une psychanalyste pendant cinq ans. Elle ne semble toujours pas très sûre d'elle et parle tout doucement, presque en chuchotant. Elle ne vient pourtant pas pour ce manque de confiance, mais pour tenter de mieux gérer ses ruptures sentimentales. Elle vient de vivre une séparation qui lui semble lourde à porter et elle ponctue son discours de petites phrases négatives, telles que : « J'ai l'impression que ma vie est un mensonge », ou : « J'ai l'impression d'avoir un fond triste… » D'inconscient à inconscient, les images qui viennent sont en phase avec ce qu'elle a verbalisé juste avant : ce sont des images de spasmes, des sanglots d'enfant, de père absent, de peur d'être seule. L'image, en quelque sorte, d'une plaie non cicatrisée liée au sentiment amoureux. Je laisse se dessiner l'histoire d'un homme que je vois ramer. Les images se déroulent comme dans un film et je ressens cet homme angoissé : « J'ai peur d'arriver trop tard », pense-t-il. Je le retrouve plus tard touché émotionnellement car la place est prise. Cette phrase résonne : « J'aurais dû faire plus vite, j'aurais dû me décider à temps. » Il se terre, se cache. Difficile pour moi de comprendre de quoi il s'agit. Les images s'éloignent et d'autres apparaissent, qui concernent ma patiente. Elle est sous la couette, comme pour se cacher elle aussi. Je sors de mon

état amplifié de conscience et je raconte tout
à Juliette qui m'informe : « Mon père était très
absent pendant ma jeunesse. Je me sentais mal,
j'étais souvent sous la couette, c'est vrai. D'ailleurs je continue. Dès que ça ne va pas, je vais
me coucher et j'attends que ça passe. » En séance
d'hypnose, elle se repasse une scène de son
passé : une rupture lorsqu'elle était adolescente.
Cet amoureux lui apprend qu'il a une petite
amie juste avant qu'elle monte à cheval. Elle
fera une chute et restera au lit pendant plusieurs
semaines. Elle ne voulait plus en sortir. Elle
revoit toute la scène comme un témoin extérieur, une simple spectatrice de ce moment afin
d'en être détachée émotionnellement. Elle prend
conscience qu'elle s'est sentie trahie par ce garçon et qu'ensuite sa vie amoureuse a été truffée
d'hommes qui la trompaient. Ce qui l'amuse et
la surprend, c'est qu'elle s'est justement inscrite
à un stage d'équitation la semaine passée alors
que voilà des années qu'elle ne voulait plus re-
monter à cheval ! Nous entamons un travail de
transformation en reprenant la scène originale
et en la modifiant jusqu'à la rendre légère, presque
banale. Juliette avait déjà commencé en vision-
nant ce moment vu d'en haut. Nous renforçons
cette distance en faisant mine de revoir la scène
sur un écran, comme un film sans importance.
Après ses vacances qui se passent très bien, je la
retrouve en pleine forme, avec un « bon moral ».
Elle ne pleure plus et a envie de « faire des choses
pour elle ». Puis nous demandons à l'inconscient

de se souvenir de tous les bons souvenirs amoureux : les moments de tendresse, de plaisir, de complicité, et de s'en remplir totalement pour que ces bonheurs soient en elle aussi physiquement. Pour finir, elle a programmé une projection de futur agréable sentimentalement. Six semaines plus tard, elle rencontrait l'amoureux avec qui elle a décidé de vivre et de faire des enfants… je l'ai rappelée récemment. Elle vit depuis plusieurs années avec lui et se dit très heureuse.

Le prisonnier

Ce personnage se sent enfermé, souffre parfois de claustrophobie. Les symboles qui lui sont reliés sont les barreaux, les cages, l'île éloignée de tout, les chaînes… Il a l'impression qu'il ne pourra jamais être libre, qu'on l'empêchera toujours de réaliser ce qu'il souhaite. Ces archétypes sont souvent issus d'enfants sages voulant uniquement répondre au désir parental.

Lucille est une très jolie maman d'une petite fille de onze mois. Elle souffre d'angoisses. « Je me sens vide, inutile, et en plus je culpabilise de ne pas en faire assez comparé à mon mari qui est un hyperactif, témoigne-t-elle. Je viens de reprendre le travail et déjà on me fait sentir qu'on va me placardiser. En plus, je n'ai aucun ami, je me sens bien seule. »

La résonance fait ressortir l'image d'une enfant

modèle qui ne veut pas contrarier sa mère de peur de ne plus être aimée. Puis très vite, je bascule sur un archétype : un homme sur une île qui souffre d'être entouré de gens qui veulent partir de l'île, donc le quitter. Je dis à Lucille qu'elle a dû activer cet archétype vers l'âge de huit ans. Elle sursaute : « C'est l'âge où, en écoutant à la porte de la chambre de ma mère, je l'ai surprise en train de supplier un homme de l'emmener vivre avec lui. J'ai compris qu'elle trompait mon père et je me suis sentie trahie au plus profond de moi. Surtout que je connaissais cet homme, c'était un ami de mon père. À partir de ce moment, j'ai tout fait pour rester bien gentille. Je voulais qu'elle reste à la maison. J'avais peur qu'elle ne parte. Elle est restée sans doute pour moi. Mais elle me l'a fait payer ! » Je termine l'histoire de mon personnage insulaire : l'homme meurt à trente-deux ans (l'âge de Lucille) sans avoir réalisé son rêve qui était de vivre heureux parmi ses amis. Il fait finalement don du bois de son bateau puisqu'il ne peut pas partir. Lucille réagit rapidement à cette fin d'histoire : « J'ai peur que ma fille m'empêche aussi de vivre mon existence, comme ma mère m'a empêchée de vivre comme je le voulais. Ma petite n'est pas affectueuse et me repousse déjà quand elle n'a pas envie d'être câlinée. » Les séances d'hypnose nous ont amenées à réfléchir sur les liens symboliques qui unissent chaque personne de sa famille. Par exemple, je lui ai demandé de se représenter chaque membre de la famille comme un bateau sur la mer, puis de s'en détacher pour que chacun vogue à son rythme et vers le port de son choix. À chacun sa destination. Au fil des semaines, Lucille parvint à s'affirmer auprès de son entourage.

Le coupable

Ce personnage pense avoir commis une faute, une erreur. Il est pris de remords et est rongé par la culpabilité. Si on rejette la faute sur lui, il pense que c'est normal. Alors, chaque fois qu'il rencontre quelqu'un, on lui rappelle à quel point il est responsable de ce qui ne va pas. C'est quelqu'un dont l'estime de soi est affaiblie.

Marc, à cinquante ans, vient consulter pour arrêter l'alcool. Il a commencé à boire lorsque sa société l'a mis à la retraite anticipée. Un problème cardiaque l'empêchait de continuer de travailler. Touchant une retraite conséquente, Marc n'a aucun problème d'argent et voyage beaucoup. Resté célibataire, il a toujours refusé de fonder une famille pour ne pas «s'embarrasser d'un enfant»… Il dit avoir une autre demande : trouver comment s'impliquer. La résonance repose sur la notion de culpabilité. Un homme perd son enfant, se sent coupable puis sombre dans l'alcool. La phrase qui ressort est : «Il aurait dû être là.» Je ne comprends pas ces métaphores et lorsque je renvoie à Marc ces images de perte d'enfant, d'abandon, il me raconte que, à la suite

de sa naissance, sa mère est morte du tétanos. Il
est persuadé que cet homme que je perçois, c'est
son père : «Il ne m'a jamais pris dans ses bras,
paraît-il. C'est ma grand-mère qui m'a élevé.»
J'ose proposer un lien entre la mort de sa maman
et le sentiment de culpabilité d'un enfant qui a
pu être tenu pour responsable de la mort de
sa mère alors qu'il n'avait que quelques jours
de vie. Il refuse cette suggestion : «Je n'avais
que quelques jours quand elle est morte, comment voulez-vous que je me sente coupable de
sa mort?» Je lui explique que l'enfant ressent,
même confusément, la tristesse qui entoure sa
venue. L'arrivée d'un bébé est le plus souvent
joyeuse. Dans cette famille, la naissance de Marc
est restée de mauvais augure... Il fait la moue et
dit à nouveau que le coupable, c'est plutôt son
père puisqu'il ne s'est pas occupé de lui... La
séance d'hypnose le guidera vers un lieu ressources qu'il crée pour se sentir en sécurité, un
endroit d'accueil, une terre d'asile. Puis je lui
propose tout de même de travailler en transe
sur l'amour maternel... Je préfère suivre les
indications inconscientes plutôt que celles du
mental... Comme son inconscient m'avait guidée
vers cette voie, je la poursuis... Je demande à
l'inconscient de Marc de régresser à l'époque de
la petite enfance pour qu'il puisse discuter avec
ce petit enfant intérieur, puis je demande que
l'amour maternel le remplisse d'une douce lumière de tendresse. Je pense qu'il y a un manque
en cet homme. Un manque qui a été réactivé

par « l'abandon » professionnel alors que le cœur craquait… Ce manque, je crois que Marc tente de le combler avec l'alcool. J'utilise donc la lumière pour qu'il se sente plein… d'amour. Il a fait appel à certaines de ses lectures et aux films qui l'ont touché pour imaginer cet amour maternel, et il se sent déjà mieux. Il revoit entre deux séances le cardiologue, ravi du changement positif que lui procurent ses séances d'hypnose. Une autre séance va permettre de retourner symboliquement dans le liquide utérin en visualisant une grotte entourée d'eau. Il s'est senti « bercé » comme jamais… Selon lui, c'est comme un constat qu'il accepte : « C'est ainsi. Je nais et ma mère s'en va mais je ne suis pas coupable. » Sa mère était matérialisée par une vibration qui s'est envolée lorsqu'on a mis la lumière pour tout apaiser. Au sortir de la grotte, Marc est étonné : « C'est incroyable, j'ai l'impression qu'à la sortie il y avait un plus dans ma vie. Je me sens tout différent ! » Nous continuons toutefois les séances en nous attaquant cette fois-ci à l'alcool car Marc continue de boire. Je lui propose, sous hypnose, de voir son double boire jusqu'à en être malade. Il me dit qu'il part en ballon. Son double est en bas : « En position inférieure », précise-t-il. Il est content de lui offrir tout ce vin puis voit le cerveau de son double s'embrumer. Alors il jette le vin. À partir de cette séance, Marc ne boira plus que de l'eau. Nous renforcerons ce processus par sécurité. Il continuera en autohypnose. J'ai récemment recontacté Marc après plusieurs années et il m'a annoncé qu'il ne buvait toujours pas une goutte d'alcool.

Le rejeté

Cet archétype est rejeté soit par les siens, soit par un pays ou même un peuple. Il peut apparaître à la barre comme l'accusé, ou bien au contraire en train de fuir pour échapper à ceux qui lui veulent du mal. L'émotion qui se dégage de cet archétype est plus de la colère que de la tristesse. Il a l'impression d'être accusé à tort, ce qui le rend assoiffé de justice. Comme il se sent parfois abandonné, les images délivrées ont trait au bébé qu'on laisse, impuissant, à l'enfant perdu ou incompris, au déroulement d'un procès en justice, comme l'Inquisition par exemple.

Caroline n'a que vingt-sept ans alors qu'elle dirige déjà un service publicité. Pétillante et hyperactive, nos échanges sont ponctués de rires. On devine pourtant un spleen certain sous ses éclats de rire. Elle avoue en effet se sentir fatiguée de vivre. Elle pleure, est insomniaque et par moments a l'impression d'étouffer. La semaine passée, c'était tellement fort qu'elle a dû être hospitalisée. Caroline a déjà fait une dépression cinq ans auparavant et aujourd'hui a peur car elle ressent les mêmes symptômes... À l'époque, elle avait pris un antidépresseur mais avait dû arrêter car elle était allergique à ce produit. Elle avait alors suivi une thérapie mais, sa psy ayant déménagé dans une autre ville, elle l'avait interrompue. Lorsque je me mets en état amplifié de conscience, j'entends la phrase : «Je dois me reconnaître en tant que femme.» Puis je visualise une jeune femme qui s'enfuit de son pays et qui voit son identité modifiée. Elle est comme ruinée. Et c'est comme si elle devait changer de nom, se cacher. Elle vivait dans un château et se retrouve ailleurs, devant travailler. C'est une autre vie. Elle refuse ou n'assume pas sa partie féminine. Caroline m'arrête : «C'est l'histoire de ma grand-mère que vous captez! Elle est partie d'Arménie pour venir en France et elle a perdu toute sa famille, tout son argent. Elle a pris un autre nom aussi. Mais elle ne vivait quand même pas dans un château!» Je lui explique que ce ne sont pas les symboles en eux-mêmes qui sont importants, c'est tout ce qu'ils véhiculent d'émotions et d'informations. Qu'ils proviennent réellement de son aïeule ou de l'inconscient collectif n'est pas l'essentiel. C'est plus l'empreinte émotionnelle qui reste inconsciemment gravée en elle qui nous intéresse… Et pour la part féminine? Elle se rappelle que sa mamie n'était pas du tout coquette et qu'elle a eu beaucoup de mal à avoir un bébé. Caroline admet qu'elle a des problèmes avec la gent masculine : «Je m'attache, mais j'ai une telle carapace que du coup les hommes me lâchent.» Je lui dis que nous allons travailler sur l'émotionnel relié à l'abandon, sur cette impression d'être seule, sans aide. La semaine d'après, elle est revenue très étonnée : « J'ai interrogé mon père et vous aviez raison : elle avait bien un château, ma grand-mère ! Je ne le savais même pas ! » J'ai répondu que sans doute son inconscient, lui, le savait... Elle ajoute : « J'ai compris pourquoi avant je n'allais pas bien. Je portais en effet cet abandon. J'ai pleuré le soir en rentrant. Puis je me suis endormie. Eh bien, depuis, je dors comme un bébé ! » Elle a repensé à ce manque d'amour et reconnaît qu'elle aurait souhaité avoir une mère chaleureuse, ce qui est loin d'être le cas. Elle trouve sa mère « absente », « distante ». Lors des séances d'hypnose, je constate que son lieu ressources est une maison de maître bourgeoise du XIXe siècle, qui rappelle peut-être le château familial mais aussi le « foyer », comme s'il montrait son envie d'être proche des siens. Installée dans le jardin près de cette bâtisse, elle suit ma voix. Je lui suggère de descendre dans son corps, au niveau du cœur, pour voir ce qui s'y passe. Elle est face à un cratère profond. Alors je demande que son inconscient trouve le moyen de le colmater avec l'instrument de son choix. Elle visualise une truelle et comble le trou béant. Puis une fois rempli, elle y ajoute de multiples rayons de soleil qui réchauffent tout le cœur. Lors d'une autre séance, elle ira aussi parler à la grand-mère puis à la mère. Quelques jours après, elle est étonnée car sa mère, qui d'habitude n'offre jamais rien, lui donne en cadeau un pot de cristal que sa propre mère lui avait donné. Une nouvelle transmission qui concrétisera la nouvelle fluidité qui s'installe dans leurs relations.

Le leader

Ce personnage puissant représente la domination, la loi. Il a envie de protéger les siens (famille, amis, pays…). Il aime fédérer, rassembler, et ses idéaux sont liés à la notion d'unité. Son esprit communautaire l'incite à tout faire pour sauver ses proches, voire sa communauté. Il peut apparaître sous la forme d'un Indien d'Amérique, d'un père de famille nombreuse ou d'un guide spirituel. Souvent une tristesse latente lui rappelle les ethnies décimées. Les émotions sont teintées de doutes quant à la réussite de son chemin de vie. Mais un autre type de leader peut apparaître, particulièrement avide de pouvoir. Il est alors roi, général d'armée ou chef de famille autoritaire. Il supporte alors difficilement qu'on transforme ses plans ou qu'on le contredise. La colère est son moteur. Il en veut à une personne ou à la terre entière. Il peut être manipulateur pour arriver à ses fins et échafaude des plans pour se venger.

Franck, trente-huit ans, est un avocat réputé. Le point faible de cet homme grand et fort, c'est son univers sentimental. Il tombe régulièrement amoureux de femmes qui, d'après lui, ne font aucun effort pour venir vivre avec lui. Ce sont principalement des femmes déjà mariées. De plus, les «histoires d'amour» qu'il vit sont très brèves, ou platoniques. Lorsqu'il comprend que la femme en question ne quittera pas son mari, il entre dans une colère noire et tente de lui causer du tort. Il dit que dans ces moments-là, il ne se reconnaît plus. Il est capable de méchancetés terribles. Il sent que son comportement est inconscient mais il n'arrive pas à en changer. Quand je me mets en ouverture de conscience, j'ai des images de pouvoir : le Roi-Soleil, un pied qui frappe violemment, un doigt qui accuse. J'ai la sensation que le pouvoir est chez lui relié à l'argent, et ce depuis l'enfance. Franck écoute. Oui, il gagne beaucoup d'argent et il en est fier. Il se dit chanceux de ce côté-là. Mais il n'avait pas fait le lien entre ce trop-plein d'argent et ce manque de cœur. Je lui propose de déprogrammer l'origine de son comportement en régressant vers le passé sous hypnose. Il isole alors un moment où à l'âge de douze ans, il commença à gagner un peu d'argent. Il se disait alors : «On me respectera et on m'aimera pour mon argent.» Depuis, il n'a cessé de grossir son patrimoine et a ainsi réussi à obtenir une reconnaissance... sociale. Mais le cœur est resté vide. Il parle à ce petit enfant intérieur en le freinant sur son avidité matérielle afin d'éviter de compenser par l'argent son vide affectif.

CHAPITRE VI

L'hypnose
pour femmes enceintes

Depuis de nombreuses années, je milite en faveur d'un accouchement de qualité pour que les femmes puissent vivre pleinement et activement ce moment intense. En effet, en France comme dans d'autres pays occidentaux, trop de préjugés médicaux envahissent la conscience féminine. Ainsi, insidieusement, s'est infiltrée l'idée que la naissance était un acte dangereux dont la prise en charge devait obligatoirement être médicalisée à outrance. La machine a pris une place prépondérante dans le monde obstétrical, du suivi de la grossesse à la naissance. Il semble de plus en plus difficile aux futures mères de faire entendre leurs désirs quant à la venue au monde de leur bébé. En tant qu'hypnothérapeute, j'ai tenu à adapter l'hypnose aux futures mamans pour qu'elles reprennent confiance en elles. J'ai ainsi créé la méthode de préparation psychique à l'accouchement que j'ai nommée

HypnoNatal®, basée sur l'hypnose éricksonienne, dans le but d'accompagner les femmes enceintes vers un cheminement plus humain et intuitif, afin qu'elles se rassurent sur leurs capacités à devenir mères. Depuis quelques années, j'enseigne cette technique aux thérapeutes, hypnothérapeutes, sages-femmes et doulas de France, Belgique et Suisse, bref toute personne qui accompagne les futures mamans. Le but est d'aider les femmes enceintes à puiser en elles les ressources indispensables et leur donner les moyens de vivre pleinement leur grossesse et leur accouchement, tout en restant toujours connectées à leur enfant. À la portée de toutes les femmes, cette pratique leur permet de se reconnecter à leur savoir le plus intime et ainsi jouer un rôle actif dans la naissance de leur enfant.

L'HypnoNatal® commence à partir du 4e ou 5e mois de grossesse. Quatre séances d'une heure trente sont espacées de trois semaines environ. Trois parties articulent les séances. La première partie est consacrée aux échanges. Dans la deuxième, un thème particulier est abordé. Enfin la dernière partie est consacrée à une séance d'hypnose. En plus de l'apprentissage sur quatre séances, il est indispensable que les femmes enceintes puissent écouter à volonté des CD d'entraînement à domicile et aussi souvent que possible (trois CD sont délivrés, différents selon le terme de grossesse). L'hypnose est un travail de motivation associé à un apprentissage qui exige la participation active des futures mamans. Cette méthode se pratique aussi en petits groupes de trois à six personnes. Ces réunions permettent d'aider les futures mères à s'exprimer plus facilement, elles sont plus à l'aise avec d'autres femmes ayant les mêmes questionnements.

En ce qui concerne la première séance, nous faisons le bilan des attentes du couple, leur projet de naissance, le fonctionnement de l'hypnose, les préjugés et les bienfaits. Des tests d'évaluation font partie du livret de la femme enceinte, et seront remplis à nouveau en fin de parcours afin de mettre en valeur l'évolution de la future mère entre la première et la dernière séance. Celle-ci gardera le livret de suivi afin d'y noter toutes les indications concernant ses ressentis lors des séances d'autohypnose qu'elle effectue chez elle. Il est souhaitable que le futur père assiste à cette première séance, car il comprendra ainsi les principes de l'hypnose et pourra en expérimenter les bienfaits. La deuxième séance concerne principalement la future maman, afin de détecter une problématique qui pourrait entraver la naissance (un souci déjà repéré par la future maman, ou un message plus inconscient qui s'exprimera grâce à l'effet résonance). La praticienne HypnoNatal® a appris à se laisser porter et inspirer par les métaphores qui résonnent en la future maman. Lors de la troisième séance, on aborde le lien mère-enfant. On fait le point sur les histoires d'accouchements difficiles, les projections des angoisses de l'entourage.

On travaille sur les peurs et les tensions qui persistent puis on renforce l'assurance et les compétences de la femme à les dépasser. La dernière séance est proposée environ quatre à cinq semaines avant la date prévue de l'accouchement. Elle porte sur la spirale stress/peurs/douleur. On projette positivement l'accouchement tout en s'aidant d'images métaphoriques, comme celle des vagues qui symbolisent les contractions qui amènent le bébé jusqu'à sa maman.

Les bienfaits de l'hypnose pendant la grossesse

Plusieurs désagréments liés à la grossesse peuvent être apaisés chez la femme enceinte : vomissements, remontées gastriques, crampes nocturnes, etc. J'ajoute que les suggestions concernant les insomnies ont un effet très bénéfique tout au long de la grossesse. En ce qui concerne le lien mère-enfant, il est essentiel que la future maman puisse communiquer le plus possible avec son bébé. Certaines mères le font intuitivement. D'autres seront guidées sous hypnose pour établir la connexion avec leur enfant *in utero*. Ce processus permet de « rendre visite » à bébé et de rester dans l'accueil des messages qu'il envoie. C'est un excellent exercice pour être à l'écoute de soi et de son enfant, qui va aider la mère à tisser un lien solide entre elle et son petit pour que ce dialogue continue pendant l'accouchement et après… De plus, savoir qu'elle peut répondre aux besoins de son enfant renforce l'assurance de la mère. Le père peut également suivre cet exercice en visualisant le bébé dans le ventre de sa compagne. Il s'agit, une fois en état de transe, de suggérer de descendre dans l'utérus pour aller visiter le fœtus qui s'y trouve, baigné de lumière. Bien sûr, je suggère que le petit est en pleine forme, heureux d'être là, que tout se passe parfaitement bien, que le liquide amniotique est clair, presque transparent, qu'il règne dans cet utérus une belle lumière, une douce harmonie, une plénitude formidable… Puis alors je propose au parent de communiquer tout son amour à ce bébé qui entend ce que le cœur de sa mère exprime. Et il en est heureux. Le bébé répond en renvoyant des messages d'amour. Il existe différentes façons d'entendre : mentalement, sensuellement, visuellement. À chacun son écoute selon ses filtres sensoriels. La façon de communiquer avec son bébé est unique… Le langage intérieur est artistique et métaphorique. Peu importent les détails physiques de ce bébé. Ce qui compte, c'est tout ce qui se dégage de lui. Plus la maman communique avec son bébé, plus elle augmente son intuition qui consiste à savoir ce qui est bon pour lui. Même si elle a l'impression de ne pas « entendre » les messages de son bébé, je lui rappelle qu'une partie d'elle entend et comprend tout. J'ai laissé sur le carnet de suivi une place importante pour que la maman écrive toutes les sensations et les «messages» qui lui seront parvenus au fil de la grossesse. Elle les offrira au bébé quand il sera en âge de les lire...

Toujours pour renforcer le lien mère-enfant, on exerce la future mère à pratiquer, sous hypnose, un geste qui sera associé à un état de relaxation profond afin que ce geste puisse, le jour J, être particulièrement efficace. C'est le cas lorsque l'on propose à la future maman de poser une main sur son cœur et l'autre sur son ventre, afin de relier les deux cœurs : le sien et celui du bébé. Cet ancrage, qui induit une communication intense entre la mère et son bébé, permettra de maintenir ce lien pendant tout l'accouchement pour ne pas se déconnecter des messages inconscients qui continuent de passer entre elle et son bébé.

Renforcer l'estime de soi et l'intuition

On le sait, la vision que l'on a de soi-même est subjective puisqu'elle ne dépend pas des réels défauts ou qualités qui nous définissent. L'essentiel est de se sentir en accord avec soi. Toutefois, le regard que l'on porte sur soi peut évoluer en fonction des événements, des moments et dépend également de ce que nous renvoient les autres (comment nous nous sentons appréciés ou compétents). Et la perspective d'un accouchement, surtout si c'est le premier, active ce désir de réussite, de capacité à donner la vie afin d'être reconnue en tant que mère. Lorsque la vision de soi est limitée, il y a une tendance plus forte à être dépendant de l'avis des autres. On les suit, de peur de mal faire… Ce qui entraîne des difficultés à s'affirmer, à dire non ou à donner son opinion. Or, l'accouchement technicisé et médicalisé à outrance rend la tâche bien difficile aux futures mères. Elles doivent souvent s'adapter aux protocoles qui diffèrent d'une maternité à une autre, et qui ne correspondent pas toujours à leur projet d'accouchement. Elles doivent alors aller puiser en elles des trésors d'assurance personnelle si elles veulent accoucher selon leur intuition. La jeune femme doute avant même son accouchement : pourrai-je réussir mon accouchement ? mon bébé sera-t-il en pleine forme ? serai-je une bonne maman ? Or, si la jeune femme a peu confiance en elle alors qu'elle doit traverser ce passage difficile qui va la rendre mère, l'estime qu'elle a d'elle-même risque d'être fragilisée. Les conséquences retomberont tout autant sur la nouvelle maman que sur le lien mère/enfant qui risque d'en être perturbé.

Isabelle m'est adressée par une kinésithérapeute. Elle vient d'avoir un bébé qu'elle a du mal à investir. Elle consulte sans trop comprendre pourquoi. La kiné lui a conseillé : « Vous devriez aller la voir, ça vous fera du bien. » Elle a bien fait de me l'envoyer ! Isabelle, qui possède une boutique de prêt-à-porter dans les beaux quar-

tiers et dont le mari est P-DG d'une grande
entreprise, m'explique très clairement les raisons
qui l'ont poussée à prendre une gouvernante de
jour et une gouvernante de nuit pour s'occuper
de l'enfant. Les causes invoquées sont énumé-
rées dans un esprit de logique : un bébé ne doit
pas entraver l'intimité du couple, il faut aussi
s'occuper de soi, ne pas se couper de ses amis,
refaire du sport, reprendre les affaires, etc. Et
puis elle trouve qu'elle déprime par moments,
que le baby-blues s'installe depuis plus d'un
mois. Pendant qu'elle parle, je m'aperçois que
je ne connais toujours pas le nom de son enfant. Elle l'appelle simplement «bébé»… Je lui
demande comment s'est passée la naissance.
Elle me raconte que c'était «vite fait, bien fait»,
avec péridurale, mais que c'était une naissance
prématurée. «Je ne m'étais pas préparée à ça,
et, en plus, j'espérais un garçon alors que c'est
une fille.» Aucun nom de fille de prévu. À ce
moment-là, j'apprends que la petite porte un
nom de garçon… Elle raconte qu'après la naissance, elle a trouvé une première employée de
nuit qu'elle a renvoyée au bout de quelques jours
car, explique-t-elle : «Elle n'était pas assez bien,
trop rigide, elle m'angoissait.» Elle trouve ensuite la perle rare. Je lui propose une séance de
résonance pour connaître ses codes et le chemin
à suivre. Elle accepte avec joie. Je perçois un
traumatisme vers l'âge de huit ans. Une autre
petite fille est avec elle qui, lors d'un accident,
risque de mourir. Elle s'en sort, mais Isabelle

accuse difficilement le contrecoup de cet événement. Alors, l'inconscient intègre, comme une règle intérieure, qu'il faut toujours tout maîtriser, tout contrôler, sinon on peut être coupable de non-assistance à personne en danger. Je lui raconte la scène et Isabelle me lance : « C'est ma cousine, oui j'avais huit ans, elle a mis les doigts dans une prise électrique et j'ai cru qu'elle allait mourir. J'ai eu très peur. Je ne sais pas si ça vient de là, mais vous avez raison, c'est vrai que je ne supporte pas du tout ce qui est imprévu. » Je fais le lien en lui faisant remarquer que son enfant est imprévisible à deux titres dans sa vie : elle arrive en tant que fille au lieu du garçon espéré, et en plus en avance sur le terme... Comment organiser le futur avec un enfant si imprévisible ? L'inconscient a envoyé des messages de danger à Isabelle : il vaut mieux qu'une personne qualifiée s'occupe de ce tout-petit, c'est plus sûr... Isabelle n'est donc pas une « mauvaise maman », mais au contraire une maman protectrice qui a recherché la meilleure nounou possible qui ferait mieux qu'elle... Isabelle a adopté l'hypnose avec une réelle facilité. Elle continue d'ailleurs de beaucoup l'utiliser dans son travail pour créer de nouveaux concepts. Dans mon cabinet, le travail se portait essentiellement sur la maîtrise du temps et sur des projections autour de la sensualité, par exemple en imaginant son enfant dans ses bras. À la suite de la première séance d'hypnose, elle donna congé à la nounou de nuit, à la deuxième séance à la nounou de jour. Lors de la troisième et dernière séance, elle s'occupait à plein temps de ce bébé dont elle me vantait les mérites, et elle était heureuse d'être avec lui nuit et jour. Le petit avait trois mois et faisait tranquillement ses nuits.

Il est primordial que les femmes retrouvent l'assurance sur leur capacité à savoir donner naissance et être mère. Les futures mères possèdent un savoir intuitif qui les guide dans leur choix. On le sait par d'innombrables études : les attentes positives que l'on porte sur une personne ont un impact puissant sur les résultats espérés. C'est ce que l'on appelle l'« effet Pygmalion ». Les thérapeutes connaissent bien cet effet de la pensée sur le comportement d'un individu. Notons que l'inverse est vrai : un jugement négatif fragilise le sentiment de confiance en soi, ce qui ne fait que renforcer le jugement initial de celui qui juge et la boucle continue…

Pour les besoins de ma thèse en psychologie, j'ai pratiqué une recherche sur des futures mamans suivies toutes dans le même groupe d'HypnoNatal®. L'étude a été faite à l'aide du PPS 14, un questionnaire axé sur le stress perçu qui explore le ressenti de chaque sujet face aux événements dans le mois écoulé, élaboré par Cohen et Williamson, ainsi qu'un questionnaire concentré sur les peurs d'accouchement, élaboré par moi-même, afin de mieux comprendre l'évolution des émotions face aux différentes phases de la naissance à venir. Deux passations ont été effectuées pour les deux questionnaires : l'une lors de la première séance d'hypnose et l'autre lors de la dernière séance. Les résultats de cette étude font apparaître de façon significative que les séances d'hypnose conjuguées à l'écoute répétitive des CD à domicile permettent de réduire nettement le taux de stress ainsi que les peurs liées à l'accouchement.

En ce qui concerne les peurs qu'il est bon d'éclaircir et soulager en séance, beaucoup sont liées à des histoires de naissance douloureuse dans la famille ou dans l'entourage, les problèmes survenus lors du précédent accouchement, les modifications apportées par la naissance au sein du couple et de la famille et ses répercussions dans la sphère professionnelle. En ce qui concerne l'accouchement en lui-même, les questionne-ments sont principalement liés aux maladies, aux malformations, aux futurs soins à donner au bébé, etc. On recherche alors les phrases néga-tives qu'on a pu dire à la femme lorsqu'elle était enfant et qui résonnent encore en elle (tu n'y arriveras pas, tu es incapable, tu es nulle, etc.). Selon le degré de stress, si besoin, la praticienne propose un processus d'apaisement hypnotique. Karine, qui attend à vingt-neuf ans son second enfant, est venue consulter car elle gardait un mauvais souvenir de son premier accouchement. En effet, comme elle avait demandé une péridu-rale, elle ressentait la frustration de n'avoir rien senti au moment de la naissance. Elle désire cette fois être plus actrice. Lorsqu'on aborde les peurs, Karine croit qu'elle n'a pas totalement la capacité à enfanter naturellement. Elle prend l'exemple de sa mère qui a mis des années à avoir des enfants et de sa grand-mère, qui a accouché de deux bébés morts. Elle craint que ces mauvais souvenirs l'empêchent de réaliser l'accouchement qu'elle souhaite. Elle y pense tellement qu'elle est sujette à de nombreuses insomnies. Elle ajoute que, lors de la naissance du premier enfant, son père l'a bombardée de phrases négatives qu'elle n'a toujours pas digérées. Sous hypnose, Karine s'est mise dans une bulle de protection pour se préserver de tout ce qui est négatif. Elle a ensuite remis ses angoisses sous forme de symboles à la Déesse des mères du monde, la mère universelle, pour qu'elle gère elle-même toute cette anxiété. Ainsi Karine a pu continuer sa grossesse plus paisiblement. Mais les projections négatives ne concernent pas toujours la famille. Elles proviennent parfois du monde médical. Je me souviens de cette jeune femme qui venait aux groupes Hypno-Natal® et dont le taux de stress et de peurs était particulièrement élevé. La raison était simple : les médecins lui avaient «programmé» un bébé prématuré qui naîtrait très largement avant terme. Leurs prévisions se fondaient sur les statistiques qui concernent les femmes ayant, comme ma patiente, un utérus cloisonné. Comme la date prévue de l'accouchement était début octobre, on lui avait même donné les adresses d'hôpital où elle était censée accoucher en juillet ou en août (une «très mauvaise période», selon eux, puisque c'était les vacances !)... Il a fallu travailler ces projections négatives pour calmer le stress. Tout compte fait, elle accoucha bien début octobre...

J'ajoute que la résonance est particulièrement importante en matière d'estime de soi et de conflits inconscients non résolus, car certaines peurs sont ancrées dans l'inconscient, et parfois depuis des générations sans même que la future mère en soit consciente.

Le cas de Florence illustre bien ce propos. Cette femme de trente-huit ans en est à son troisième bébé. Elle vient pour «contrôler les douleurs» dont elle a très peur. Et, en même temps, elle garde un souvenir terrifiant de la péridurale du dernier enfant : «La péridurale n'a fonctionné que d'un côté ! Je ne veux pas revivre ça, c'est horrible ! En plus j'ai eu tellement peur de mourir pendant l'accouchement !» En résonance, ce ne sont pas des morts maternelles qui viennent en images sur la famille, mais plutôt des morts d'enfants et je lui en fais part. Après un moment d'étonnement, elle comptabilise : «Ma sœur a fait trois fausses couches et a eu un bébé mort à cinq mois de grossesse, moi-même j'ai eu une IVG et ma grand-mère s'est fait avorter avec, dit-on dans ma famille, une aiguille à tricoter.» Le travail d'hypnose consista à casser le cycle générationnel pour en ouvrir un nouveau, sans mort de bébé. Elle visualisera une force surnaturelle (que son inconscient lui permet de visualiser comme une boule blanche posée sur un socle noir) qui restera auprès d'elle et en elle pour la protéger pendant toute la grossesse. Les peurs disparurent au point que Florence et son mari décidèrent de changer leur projet de naissance : plutôt que d'accoucher à l'hôpital comme c'était prévu, elle donna naissance à la maison avec l'aide d'une sage-femme libérale.

Projeter la naissance dans le futur

Grâce à un procédé hypnotique répété les dernières semaines avant l'accouchement, on établit un pont entre maintenant et l'avenir. La future maman se projette dans un futur positif : celui de son accouchement qui se déroule naturellement et normalement. Le but est de faire des suggestions positives quant au futur accouchement et l'accueil de l'enfant, ce qui conduira la future mère à prendre de plus en plus confiance en elle afin d'accoucher comme elle le souhaite. Ce processus active inconsciemment l'idée que le but souhaité (bien accoucher et avoir son bébé près de soi) est atteint avec succès. Chaque phase de l'accouchement est visualisée. Il est suggéré que, même s'il y a un imprévu, la future maman reste totalement relaxée, en paix et reliée à son bébé. Ceci pour permettre à la future maman de ne pas être déstabilisée si les choses ne se passent pas comme elle l'avait imaginé. Peu importent les conditions… Ce qui compte, c'est le lien de cœur à cœur et la paix intérieure. Elle contrôle alors tout ce qui peut survenir sans angoisser.

On incite la future maman à visualiser son bébé une fois sorti de son ventre, ou même une semaine ou un mois après. Il est là, en parfaite santé, il sourit et elle est heureuse de le sentir dans ses bras. Tout va bien. Ce n'est pas la peine qu'elle essaie d'imaginer réellement à quoi il ressemble. Ce sont surtout toutes les sensations qui sont importantes : ce qu'elle voit, entend, ressent avec le bébé. Le contact, la douceur de sa peau, l'amour qui émane de cette scène, et puis le bonheur d'être maman… En plus de la paix intérieure que procure ce type d'exercice, ce sont aussi les capacités à devenir mère qui sont renforcées.

Fanny, une maman de trente-six ans qui attend son second bébé, eut ainsi une grande émotion lorsqu'elle entra en contact avec son tout-petit par visualisation. Les larmes aux yeux, elle raconte : « Il faisait plein de sourires. Il est calme, tellement heureux ! Je l'ai emmené avec moi sur mon lieu ressources, avec le cordon qui nous reliait toujours mais qui se distendait. On était bien tous les deux. » Plusieurs mamans me racontent leur surprise lors de l'accouchement : « Il était exactement comme je l'avais vu sous hypnose. C'était bien lui que j'avais vu ! »

L'ouverture sans stress

Un événement que l'on anticipe sans savoir si on est capable d'y faire face ou si on va avoir mal, voilà ce qui peut causer émotions et stress… Nullement pathologique, le stress est une fonction essentielle de notre organisme puisqu'il nous permet de nous adapter aux menaces et aux contraintes de l'environnement. Du latin *stringere* (serrer), le mot « stress » a ensuite évolué en *estrece* en vieux français (étroitesse, oppression). Lorsqu'elle est tendue, la future maman ne peut s'empêcher de contracter, de « serrer » les muscles et de retenir l'enfant alors qu'il faudrait à cette phase-là lâcher prise pour plus d'ouverture et laisser le petit descendre… Quant à l'utérus, il doit fournir encore plus d'efforts pour guider l'enfant à travers toute cette tension.

De nos jours, le stress est renforcé car la naissance est devenue très technicisée et la femme est sous contrôle. Allongée sur le dos, monitoring fixé sur le ventre, péridurale scotchée et tensiomètre électronique serré au bras… La future mère est fermement enchaînée à son lit d'accouchement, avec peu de liberté de mouvements. Pourtant, accoucher en position allongée sur le dos implique une phase d'expulsion plus longue que si l'on tenait compte des besoins physiologiques. Dans un climat si oppressant, il est bien naturel de stresser… Il y a une volonté médicale de contrôler le processus de naissance. Pourtant, les recherches révèlent que le stress diminue si l'on a l'impression de gérer la situation. Ainsi, le sentiment d'avoir en soi toutes les ressources pour faire face compense la crainte inspirée par l'accouchement. Il en résulte différentes ana-lyses psychologiques : soit nous pensons avoir les moyens d'affronter la situation et le niveau de stress sera faible, soit on juge ne pas avoir les capacités à y faire face et l'accouchement va être perçu comme étant très stressant. Un senti-ment de contrôle de la situation, même s'il n'est qu'imaginaire, réduit le stress : ce n'est pas sa réalité qui importe, mais cette illusion subjec-tive qui est primordiale. De plus, en le rédui-sant, on maîtrise mieux la douleur…

Libérer les opiacés naturels

Lors de l'accouchement, la peur risque de conduire l'organisme à des changements phy-siologiques tels que tensions et déclenchements d'hormones appelées catécholamines vont tendre les muscles, provoquant ainsi une dysharmonie responsable pour partie de la douleur. C'est donc un cercle infernal : une première contrac-tion se fait sentir pour prévenir la future mère qu'un grand événement va bientôt arriver (il faut qu'elle s'y prépare). Lorsqu'elle y réagit en état d'angoisse, la future maman peut stresser, cela renforcera la tension musculaire et ainsi de suite… Ce n'est pas tant la peur qui fait appa-raître la douleur : c'est elle qui l'amplifie. Et lorsqu'une femme est tendue, la dilatation devient douloureuse et longue. De plus, la peur affecte aussi les échanges sanguins avec l'utérus, ce qui renforce la douleur dans cette partie de l'anatomie. Rappelons pourtant qu'une contraction ne dure qu'une minute ! Et que cette minute peut être décomposée en une montée, un pic et une descente. Donc le point culminant n'est que de quelques secondes… Si les femmes pensent souvent que leurs contractions ont duré un temps bien plus long, c'est qu'elles ont stressé entre deux contractions au lieu de récupérer (car les pauses entre les contractions sont faites pour ça…). La plupart du temps, les futures mamans imaginent déjà la future contraction et restent sous tension entre les deux contractions alors que la première a déjà cessé…

L'HypnoNatal® va permettre de prolonger la relaxation et ainsi jouer un rôle au niveau hormonal. Le corps produit des endorphines, ces hormones naturelles de relaxation déjà mentionnées dans la première partie de ce livre, et cette source naturelle d'analgésie, la plus puissante, réside en chaque future maman ! Leur effet est deux cents fois supérieur à la morphine ! Chacune porte en elle sa dose nécessaire d'endorphines qui va lui permettre de se relaxer. Grâce à l'hypnose, on peut encore augmenter la libération de cette hormone.

Après l'accouchement, il y a encore sécrétions d'endorphines. Cette hormone joue un rôle dans le lien mère-enfant. Cette « hormone de l'attachement », comme la nomme Michel Odent, crée des habitudes. La femme en sécrète beaucoup si on ne vient pas perturber la physiologie.

Techniques
d'analgésie hypnotique

On l'a vu dans la première partie, l'hypnose permet d'altérer les fonctions physiologiques de la personne sous transe. Ainsi, l'on peut ralentir les battements du cœur ou la respiration, fluidifier la circulation sanguine, ou encore réduire les écoulements de sang. Il y a distorsion dans la perception. Et ceci pour n'importe lequel de nos sens. Ainsi, la perception que l'on a de la réalité est différente, par exemple on peut ressentir plus fortement une sensation agréable en la renforçant, ou au contraire amoindrir une sensation désagréable. On peut également transformer la réalité pour que les sens réagissent différemment. C'est le cas lorsqu'il fait froid et que l'on s'imagine sous un grand soleil : la sensation de chaleur arrive et le corps se réchauffe. On peut également anesthésier tout ou partie du corps, ou bien produire soi-même un effet analgésique. Il est utile de bien s'exercer avant l'accouchement aux techniques d'analgésie. Il est en effet bien plus facile de s'entraîner hors situation de stress et de douleur. De plus, on le sait, la répétition est toujours profitable !

Plusieurs techniques hypnotiques sont enseignées à la future mère. À elle d'adopter et d'adapter à ses codes les métaphores et exercices qui lui « parlent » le mieux. Par exemple, elle peut fabriquer un appareil qui va mesurer, contrôler puis abaisser la douleur. Cet appareil comporte une aiguille, qui s'arrête sur une échelle de chiffres allant de 1 à 10. C'est à la personne de trouver ce qui lui correspond le mieux et d'en visualiser chaque détail (rond, vitré, en forme de tableau de bord, de thermomètre ou encore de pèse-personne…). La praticienne explique que cet appareil est entièrement personnel, relié à une partie de son cerveau qui évalue le seuil de douleur, unique pour chacune. L'aiguille ne change pas la puissance de la contraction mais le seuil de douleur, la perception que l'on en a… Il s'agit de prendre le contrôle de cette machine pour diriger l'aiguille vers un chiffre inférieur qui va en même temps abaisser le seuil de sensibilité.

Une autre technique consiste à demander à la personne d'imaginer qu'elle a devant elle un conteneur rempli de liquide glacé. On lui apprend que c'est un produit anesthésiant qui peut se diffuser partout dans le corps afin d'anesthésier les parties que l'on souhaite soulager. La future maman trempe une main dans ce bac, va ressentir le froid sur les doigts puis l'engourdissement de toute la main. Toute la main devient anesthésiée. Alors elle dirige sa main glacée vers n'importe quelle partie de son corps pour transférer toute l'anesthésie de sa main jusqu'à cette partie. Et l'effet gagne de plus en plus cette partie du corps. Et lorsqu'elle a besoin d'un soulagement supplémentaire, il lui suffit de replonger sa main dans le bac et de la poser encore une fois sur son ventre afin de diffuser plus de produit, plus d'apaisement, plus d'anesthésie. Cette technique est efficace pour d'autres douleurs.

J'ai communiqué pendant plusieurs semaines avec une femme que j'ai connue par le biais d'Internet. Atteinte de polyalgie, Béatrice souffrait dans tout son corps. Ayant lu le cahier d'autohypnose que j'avais créé pour *Psychologies Magazine*, elle fit studieusement ces exercices, ce qui lui valut, à sa grande surprise, de ne plus avoir mal pendant les transes alors que les prises médicamenteuses devenaient insuffisantes. Elle «volait» sur un nuage pendant une heure voire plus. Elle m'avait écrit pour me remercier. Je lui ai répondu que les exercices proposés n'étaient pas axés sur la douleur mais que je pouvais lui apprendre des techniques spécifiques pour contrôler sa douleur, toujours par courrier électronique. Et la technique du gant de glace lui fut salvateur ! Rapidement, Béatrice parvint à programmer des plages «antidouleurs» de plus en plus grandes pendant des heures, voire des demi-journées, sans avoir recours à la morphine. De plus, elle entreprit une quête des indices qu'elle trouvait sur son chemin pendant les transes. Il serait trop long de relater toutes les informations reçues pendant ces «voyages» hors du temps et de l'espace. Elles ont assurément modifié totalement la vie de Béatrice.

CHAPITRE VII

L'hypnose : un jeu d'enfant !

Les enfants sont particulièrement réceptifs à l'hypnose. Quelques séances suffisent généralement pour qu'un dysfonctionnement comportemental ou émotionnel cesse. La première séance est nécessaire pour gagner la confiance de l'enfant. La deuxième se déroule sans le parent qui patiente dans la salle d'attente. Comme pour les adultes, l'effet de résonance permet de mieux comprendre l'origine de la problématique de l'enfant. Je laisse alors émerger l'archétype et une fiction métaphorique fiée au problème repéré. Ce conte, unique pour chaque enfant, lui est raconté pendant qu'il est sous hypnose afin que l'inconscient puisse capter les résolutions de conflit suggérées par l'histoire.

Lors de cette séance, l'enfant apprend également à pratiquer l'autohypnose. Ensuite, chez lui, il peut retourner facilement dans son monde intérieur pour réactiver ses propres capacités à se sentir bien, sans avoir à passer à nouveau par le thérapeute. Le principal, c'est le désir de l'enfant à aller mieux. Je lui pose toujours la question lors d'un premier rendez-vous : sait-il pourquoi il est là et veut-il changer ? Si oui, je mets tout en œuvre pour que l'alliance thérapeutique soit forte. Il s'agit de faire vite. Je trouve dommageable et contraignant de faire revenir trop souvent un enfant alors qu'il a en lui le pouvoir d'évoluer très facilement en autohypnose. Cette alliance est donc essentielle. Surtout dans les cas, très nombreux, où l'hypnose est choisie en dernier recours, alors que l'enfant a déjà vu une kyrielle de psys de tous poils... Quand c'est le cas, il rechigne souvent à venir. Je demande au parent de lui expliquer qu'on fera le plus vite possible et que je lui raconterai un conte unique, que personne n'aura jamais entendu avant. Lorsque l'enfant vient à mon cabinet et que j'ai son accord, il faut aussi que je remplisse mon contrat ! Toute la réussite va reposer sur la confiance qu'il me porte puisqu'à la séance suivante, je lui demande en quelque sorte de s'abandonner à l'écoute de mon conte. Quant aux parents, et dès la séance d'hypnose, ils se rendent compte que leur bambin est à même de se guérir, ce qui est un grand soulagement métissé d'une belle fierté. L'enfant le ressent, et s'en nourrit pour évoluer encore... Le soutien des parents est précieux.

Les enfants
et leur « monde magique »

Les enfants parviennent facilement à entrer en transe et à s'autohypnotiser. Cette aptitude est certainement due à leur intense vie imaginaire. La meilleure tranche d'âge se situe entre six et douze ans. Avant six ans, le travail est plus difficile ou plus long, il est souvent nécessaire de décomposer une séance en deux fois. Et en période d'adolescence, vers treize ou quatorze ans, et selon la maturité des jeunes, je préfère adopter des techniques plus proches de celles des adultes. Le conte métaphorique étant à cette période plutôt déprécié par les jeunes, ce qui est bien dommage quoique compréhensible ! À l'adolescence, les résistances sont de plus en plus fortes et il faut déjouer ces pièges grâce auxquels l'adolescent se protège, ce qui n'a pas lieu chez les plus jeunes. Je demande souvent aux parents le passé thérapeutique de l'enfant. S'il a déjà vu plusieurs psys, je sais que je devrai surmonter les déceptions ou échecs qu'il aura ressentis lors des séances précédentes puisque, s'il est chez moi, c'est qu'il souffre encore. De plus, souvent, il ne croit plus à la guérison.

Une grande part de mon travail consiste à faire en sorte qu'il me fasse confiance pour qu'il puisse lâcher prise à la séance suivante. La première séance est donc le temps de la séduction, du pacte entre nous. Je les appâte aussi en leur détaillant le contenu de la séance suivante : ils vont s'y préparer mentalement et le travail aura déjà commencé... La fois d'après, j'induis un état de relaxation en leur demandant de se rappeler un moment très agréable (je leur donne des idées : c'est peut-être lors des vacances, lors d'un moment de jeu sur un terrain ou dans l'eau, dans le sable, ou en construisant un jeu d'assemblage, etc.). Très vite, ils trouvent cet espace de plaisir. Alors je leur demande de revivre ce moment «comme si c'était maintenant», afin de créer la dissociation. Ou bien je pose une métaphore de ballons qui s'envolent et qui l'emportent vers un monde féerique. Parfois, c'est un tapis magique ou tout autre moyen auquel les enfants sont sensibles et qui appartient à leur univers de jeu. Les petits arrivent à trouver un monde imaginaire avec une facilité déconcertante que leur envieraient bien des adultes qui doivent s'entraîner à créer leur lieu ressources !

En ce qui concerne les enfants, je l'appelle «monde magique», un univers où ils sont bien. Beaucoup d'entre eux, lors de la première séance, m'annoncent qu'ils ont déjà un monde imaginaire où ils aiment aller de temps en temps, par exemple avant de s'endormir. Parfait, je leur annonce qu'ils sont formidables et puisqu'ils ont déjà leur lieu, ils peuvent le garder... Pour les autres, la création de cette bulle hors du temps ne pose aucun souci. Souvent leur univers est très coloré, avec fontaines, cascades, soleil et arc-en-ciel. Ils y retrouvent parfois leurs parents, leurs meilleurs copains et des personnages de fiction à qui ils se confient et qui les guident. Ce que leur disent ces «guides» est très souvent surprenant de sagesse. Je suis toujours fascinée quand ces petits bouts hauts comme trois pommes me répètent ces conseils! Ils sont non seulement très puissants, mais exemplaires dans leur justesse. Pas de notion de conscient et d'inconscient chez les enfants. Je leur explique tout de même qu'ils ont en eux une «partie qui sait tout», une partie qui les connaît bien et qui sait guérir, qui sait trouver des solutions. Ils peuvent donner corps à cette partie d'eux sous forme d'un lutin, d'une fée, d'un animal, d'un superhéros, etc., et lui parler dans leur monde magique.

Une fois l'existence de cette «partie qui sait tout» posée et reconnue, je reprends cette expression chaque fois que je m'adresse à leur inconscient. Peu importent les mots, ce qui compte, c'est la représentation de chaque instance… Lorsqu'ils sont dans leur monde magique, je leur demande de s'y installer confortablement avec la partie d'eux qui sait tout, et d'écouter l'histoire que je raconte. Plus tard, chez eux, ils retourneront dans leur monde, ce qui permettra au travail inconscient de se poursuivre après la séance. De plus, grâce à cet entraînement à l'autohypnose, les enfants comprennent intuitivement qu'ils peuvent avoir un impact positif sur leur comportement. Ce qui leur servira pour nombre d'occasions au fil de leur existence. Plus assurés, ils restent par la suite plus à l'écoute de leur univers intérieur.

La puissance
du conte métaphorique

Comment construire une métaphore qui va aider un enfant à se guérir ?

Il faut en premier lieu se mettre en résonance avec lui. Grâce à la résonance, l'inconscient de l'enfant me guide vers des symboles, des images mentales, des liens, comme pour l'adulte. Je reste à l'écoute des sensations, idées, métaphores qui vont servir à construire l'histoire. Une fois la problématique comprise, je me centre sur un conte métaphorique d'ouverture dans lequel on retrouverait tous ces symboles, codes que l'inconscient de l'enfant m'a transmis. Plus l'histoire comporte d'éléments qui sont proches de l'enfant, plus elle aura d'impact au niveau inconscient. L'enfant n'est jamais surpris de retrouver son univers familier. Il écoute sans mentaliser. Il est DANS l'histoire et c'est ce qui rend cet exercice particulièrement efficace.

Je me souviens du petit Arthur, âgé de quatre ans et cinq mois, mon plus jeune patient. J'avais hésité à le prendre car je le trouvais trop jeune. Mais ses parents ont beaucoup insisté. J'étais, selon eux, sa seule chance car ce petit était suivi depuis deux ans par différents pédopsychiatres, sans succès. Atteint d'un trouble du comporte-

ment qui le poussait à hurler, casser, frapper, ce
garçon par ailleurs volontaire et intelligent épui-
sait aussi ses parents… Malin, bardé d'un QI
hors normes, ce gamin très précoce et qui parlait
comme un grand comprenait très vite ce qu'on
désirait de lui, sachant parfaitement adapter ses
réponses selon l'attente de ses interlocuteurs.
C'était un petit bonhomme très impressionnant
du haut de ses quatre ans !

Lors de la séance résonance, j'obtiens des éléments intrigants du type archétypal « guerrier »,
symbolisé par un Indien. Le « film » qui se déroule
renvoie à un rituel initiatique d'Amérindien et
une volonté farouche de défendre sa communauté tout autant que sa mère malade. Quand
l'histoire se forme, je me pose intérieurement la
question : comment s'appelle le héros de mon
conte, ce jeune Indien d'Amérique qui souhaite
sauver sa communauté ? Je le nomme « Petit
Aigle noir ». Dans l'histoire, il n'aura de cesse
de s'évertuer à prendre le contrôle des situations
tout en s'alarmant de l'imminence du danger.
Bien sûr, la fin de mon conte est heureuse : il
sait accepter l'aide et retrouve la sécurité. Quand
les parents reviennent, à la fin de la séance, je
les informe que j'ai raconté une histoire d'Indien.
Ils sourient : « Alors là vous êtes bien tombée :
Arthur n'arrête pas de jouer aux Indiens avec
des figurines. » J'ajoute : le héros s'appelle « Petit
Aigle noir ». Les parents sont médusés : « C'est
lui qui vous a donné ce nom ? » Je réponds que
non. Quoique… On peut penser qu'en effet,

c'est bien lui puisque c'est son inconscient qui me l'a inspiré, mais tous les parents ne sont pas prêts à ·entendre ce type de réponse, donc je réponds que non, c'est le nom du héros que j'ai choisi. Et ils m'annoncent que c'est aussi le nom des petites figurines d'Indien avec lesquelles il joue à la maison. Je ne suis pas étonnée. Et Arthur non plus. Il ne m'a pas dit : « C'est étrange, c'est le nom de mes figurines », ou : « Comment tu sais que c'est Petit Aigle noir ? », parce que ça lui semblait simplement tout naturel que Petit Aigle noir soit le héros d'une histoire d'Indien… En revanche « Petit Nuage blanc » par exemple aurait pu être accepté par l'inconscient bien sûr, mais sans doute avec un impact moindre…

Pour finir avec Arthur, je dis simplement aux parents que l'histoire porte sur la défense de communauté. Et ils m'expliquent : « C'est juste. Il nous prévient de tout. C'est amusant d'ailleurs : si on va à la piscine, il tient à regarder qui se trouve dans l'eau, avant qu'on plonge. Lorsqu'on veut traverser la route, il crie et nous retient : il a besoin de voir si aucune voiture n'arrive avant d'avancer, etc. Il le vit toujours avec beaucoup d'angoisse, comme si on allait se faire tuer ! » Les parents ne m'en avaient pas parlé avant, ils avaient insisté sur son besoin de tout contrôler mais par sur cette notion de protection, élément pourtant essentiel chez cet enfant ! J'apprends aussi que la mère a été gravement malade il y a deux ans, avant que les crises commencent. Je comprends donc pourquoi mon histoire a intégré cet élément, sans doute le déclencheur des troubles d'Arthur.

Finalement, après avoir revu trois fois ce petit, tout est rentré dans l'ordre, plus de crise. Ça reste, bien sûr, un enfant avec une forte personnalité. Et c'est très bien comme ça ! À chacun son tempérament, la diversité est enrichissante. Je sais qu'on aime mettre tous les enfants dans le même moule. C'est tellement pratique ! Ah, s'ils pouvaient être tous sages comme des images ! Les grands rêveurs et les dynamiques dérangent et sont vite affublés de l'étiquette « Mollasson » ou « hyperactif », ce qui rend négatives les ressources de leur personnalité au lieu de les valoriser…

Pendant que l'histoire métaphorique se construit, j'ai toujours en tête le problème de l'enfant tout en le reliant à ce qui l'empêche d'être bien. Naturellement, je ne perds jamais de vue le but souhaité pour le bien-être de l'enfant (un nouveau comportement, un changement de pensée). Tout ceci afin de trouver une aventure qui ouvre sur une solution adaptée à son cas. La fiction est toujours similaire et parallèle au problème que vit l'enfant. Seuls le cadre et le personnage sont différents. C'est peut-être un monde futuriste, un conte de fées, une fable dont les héros sont des animaux, ou encore une histoire réelle qui a pu arriver à un autre jeune patient… Cependant, le conte métaphorique ne touchera l'enfant que s'il est vraiment en lien avec son monde. Il faut donc obligatoirement que le héros de l'histoire ait des comportements ou pensées similaires au petit. Il est impératif que son inconscient comprenne que le personnage de l'histoire a la même problématique. Évidemment, le conte métaphorique se termine toujours bien ! Pour que l'objectif soit atteint, il faut que ce soit une histoire d'ouverture pour l'inconscient ! On suggère de façon indirecte la solution à l'inconscient, comme si on lui soufflait la réponse…

Une fois ce récit entier compris et assimilé par mon inconscient, je le raconte à l'enfant sous hypnose, comme une mère à son enfant. S'il me vient de nouvelles idées, de nouvelles métaphores entre-temps, je les ajoute progressivement. L'inconscient de l'enfant va comprendre le lien entre l'histoire et sa propre problématique. Il va alors appliquer la résolution du problème automatiquement, parfois dès le lendemain, parfois quelques jours ou quelques semaines plus tard.

Quelques contes et leur répercussion

Afin de mieux comprendre le lien entre la problématique de l'enfant et le processus de résolution de problème par le conte métaphorique, voici quatre cas d'enfants, suivis de l'histoire détaillée telle qu'elle leur a été racontée.

CLARISSE QUI VOULAIT TENIR
LES RÊNES DE SA VIE

Clarisse est une jolie et grande fille âgée de onze ans. Sa mère qui l'accompagne m'explique que la jeune fille somatise lorsqu'elle se rend au collège. Sur le chemin de l'école, son ventre se noue. Le week-end se passe toujours bien, mais dès le dimanche soir elle se sent mal, souffre de migraines et ses symptômes amplifient le lundi matin, jour où elle vomit avant d'aller à l'école. Elle est alors souvent obligée de rebrousser chemin et rentre à la maison. La jeune fille explique que ses symptômes sont dus aux relations superficielles qu'elle a avec les autres collégiennes. Ils ont commencé lorsque sa mère, alors auparavant souvent à la maison, a repris le travail. Ce type de somatisation surgit souvent lorsque l'enfant a du mal à se séparer de la mère (et la mère, de l'enfant…). J'en parle à la mère qui acquiesce.

Je revois la petite la semaine d'après, sans sa mère. Dans le couloir, avant d'arriver à mon bureau, elle m'annonce qu'elle vient juste de se faire percuter par une voiture en sortant du collège. Conduite à l'hôpital pour examen et radio, on ne lui trouve rien, Mais elle a eu très peur, bien sûr. Je garde cette information importante dans un coin de ma tête. L'inconscient envoie sans cesse des signaux qu'il faut savoir entendre. J'ai appris à accueillir ce qui peut arriver aux patients avant de venir me voir, car ce n'est jamais anodin… Je demande à Clarisse de s'installer dans le fauteuil de relaxation et je lui demande d'imaginer un monde magique où elle a envie de partir maintenant. Un lieu sécurisant et très beau, où elle se laisserait aller comme elle le souhaite. Pendant ce temps, je me mets en résonance inconsciente et très vite j'ai des images de cheval qui s'imposent à moi. Je ne les comprends pas car personne ne m'a parlé de cheval dans cette famille. Je l'accueille donc plutôt comme ce qui véhicule des symboles de liberté et d'apprentissage. Je laisse ensuite l'histoire se former et je la raconte à Clarisse.

CONTE : LE GALOP RÊVÉ D'HÉLOÏSE

C'est l'histoire d'Héloïse, une jeune fille qui vit à la campagne, en pleine campagne. Elle vit avec sa mère dans une petite maison. Héloïse aime beaucoup se balader dans la campagne. S'il y a bien une chose dont elle rêve, c'est de monter à cheval. C'est son rêve le plus grand. Mais elle sait que sa mère ne voudra jamais. Sa maman n'aime pas les chevaux car elle a eu un accident de cheval quand elle était jeune et continue d'en souffrir. Alors Héloïse sait bien que si elle avoue sa passion, elle va faire du mal à sa mère. Alors, à la maison, il y a plusieurs mots qui ne sont pas prononcés. Comme «cheval», «écurie», «selle», «galop», «course», tous les mots qui sont liés aux chevaux. Héloïse a mal au cœur car elle passe souvent devant un grand champ dans lequel plusieurs de ses amies montent à cheval. Comme elle les envie, ces filles-là!! Quelle chance elles ont, se dit-elle! Elle se dit qu'elle n'aura jamais cette joie-là. Lorsqu'elle rentre chez elle, elle n'en parle pas, pour ne pas fâcher sa mère. Mais, dès qu'elle a un moment, elle court vers le champ et les chevaux pour admirer ses amies galoper.

Le temps passe et Héloïse est toujours malheureuse. Lorsqu'un jour une de ses amies lui propose de monter son cheval. La monitrice insiste aussi car voilà tellement longtemps qu'elle voit cette petite rêver derrière la barrière! Alors Héloïse monte pour la première fois un cheval et elle aime tellement les sensations qu'elle éprouve qu'elle recommencera plusieurs fois. La monitrice l'entraîne et lui dit qu'elle a un véritable don, comme si elle faisait corps avec le cheval. Jusque-là, Héloïse n'avait rien dit à sa mère. Maintenant elle ressent l'envie de lui en parler. Alors un jour elle rassemble ses forces et a le courage de lui avouer qu'elle monte un cheval depuis des mois déjà. La maman, au lieu d'être fâchée, lui répond que si c'est ce qu'elle souhaite vraiment, elle peut le faire car tout ce qu'elle désire, c'est son bonheur. Héloïse est folle de joie. Elle s'entraîne encore plus, encore mieux. Et, à force d'entraînement, et parce qu'elle avait du talent, Héloïse finit par gagner plein de coupes et vivre, comme elle l'a toujours souhaité, avec des chevaux.

À la fin du conte, je demande à Clarisse de revenir ici et maintenant et je la vois sangloter (ce qui est rare, d'habitude les enfants rayonnent à l'écoute du «happy end»…). Elle m'explique que l'histoire d'Héloïse, c'est son histoire: «Je suis comme Héloïse: j'ai toujours voulu faire du cheval mais ma mère ne voudra jamais!» Étant donné l'état émotionnel de la petite, je me dis que nous avons touché en effet le nœud de l'affaire et je fais entrer la mère en lui révélant le thème de mon conte. La mère se raidit aussitôt en me lançant : « Ma fille ne fera jamais de cheval. J'en ai fait et j'ai failli y passer. Monter, c'est trop dangereux, elle risquerait un accident. » Cette phrase m'interpelle. Je comprends ce que l'inconscient a voulu me signaler en début de séance par l'épisode de l'accident de voiture et je rappelle à la mère que les accidents sont partout, et que ce n'est pas un mais plusieurs chevaux qui ont renversé sa fille cet après-midi. L'inconscient nous avertit qu'il vaudrait mieux régler ce problème. La mère, intelligente, sut revenir sur sa décision et proposa la semaine suivante à sa fille d'aller avec elle faire du cheval tous les week-ends. Contre son attente, la jeune fille déclina l'offre, prétextant que tout compte fait elle préférait plutôt prendre le temps de lire et de voir ses amies. Les symptômes disparurent. En réalité, ce n'était pas tant l'envie de galoper sur un cheval qui était important pour Clarisse, mais plutôt le désir de prendre son envol dans l'existence. Elle avait envie de s'exprimer et d'être entendue dans ses désirs, sans être obligée à tout prix de suivre les préceptes maternels. Par le conte et ses répercussions, elle comprit que, désormais, elle était capable de prendre des décisions. C'était assurément une révélation importante à ce moment charnière où on quitte le monde de l'enfance pour celui de l'adolescence.

BENJAMIN FACE AUX INCONNUS

Benjamin a presque six ans lorsqu'il consulte. Sa mère trouve anormal que cet enfant soit tant terrifié par les personnes déguisées. Surtout lorsqu'il ne voit pas leur visage. Selon le petit, le plus effrayant, c'est Kalimero, le poussin noir qui trouve la vie injuste. Quand il aperçoit quelqu'un de déguisé, il hurle, se cache, tremble.

D'après ma résonance, l'archétype qui est actif chez Benjamin, c'est l'être blessé, torturé : il perçoit l'inconnu comme dangereux. L'interrogation se cache derrière cette peur : si ces personnes se cachent le visage, c'est sans doute que je pourrais les reconnaître et qu'ils n'en ont pas envie. La notion d'injustice, portée déjà par Kalimero, ressort lors de cet exercice : le monde peut être mauvais, il faut s'en méfier. J'accueille l'histoire et je lui raconte.

Sur le dessin que Benjamin me fait à la fin de la séance, il y a les trois poupées : deux rient aux éclats, mais la rouge ne rigole pas car : « Les garçons l'embêtent. » Au centre du dessin trône la mamie. Alors sa mère, qui n'a pas écouté l'histoire, me confie : « Il adore sa mamie, il joue beaucoup avec elle… » Je n'avais pas donné d'âge au héros. Alors, je demande à mon jeune patient l'âge que Léon pourrait bien avoir. Benjamin répond sans hésiter : « Six ans. » L'identification a réussi… Je sais que maintenant Benjamin va pouvoir se contrôler lors des rencontres avec des personnages masqués.

CONTE : LÉON ET LES SANS-VISAGES

Léon est un garçon qui habite dans une grande maison. Il est triste car il se sent bien seul. Il n'a pas d'ami pour jouer. Heureusement, il a sa mamie qui lui tient compagnie. Et justement, ce qu'il ne sait pas, c'est que sa mamie travaille depuis des semaines pour lui fabriquer trois poupées marionnettes avec des tiges de bois en guise de corps et des chiffons pour faire la tête, le tout recouvert de bouts de tissu. Mamie lui offre les trois poupées le jour de son anniversaire, persuadée que Léon va sauter de joie. Mais pas du tout ! Léon en a peur car elles n'ont pas de visage ! D'ailleurs leur nom est vite trouvé ! Il les appelle « les Sans-Visages ». Il cherche à s'en débarrasser et finalement il se dit qu'elles seront très bien au fond de la boîte à jouets… Ainsi, il ne les verra pas… Le temps passe et Léon oublie les Sans-Visages. Jusqu'au jour où il range sa caisse à jouets et tombe dessus. « Elles sont encore là ! Je ne les aime pas ! Elles me font peur ! » s'exclame-t-il. Mais c'est sa mamie qui les a fabriquées pour lui ! Pour son anniversaire ! Il ne peut pas les jeter quand même ! Que faire ? *(Silence.)* Soudain, il a une idée de génie : il va peindre dessus des yeux, une bouche qui sourit. Voilà ! C'est bien mieux comme ça ! Désormais les Sans-Visages ne lui font plus peur, car il a su leur imaginer un visage. Il est tellement content qu'il les met à côté de son lit. Ce qui est encore plus incroyable, c'est que les poupées parlent maintenant qu'elles ont une bouche ! Et elles donnent leur nom : « Bonjour, Léon, je suis Mathieu », dit la poupée bleue. « Salut ! Moi, je suis Yann », dit la verte. « Et moi Anaïs ! » s'exclame la poupée rouge. Léon n'en revient pas : ses poupées parlent ! C'est peut-être même grâce à lui ! Il se sent fier tout d'un

coup! Fier de ne plus avoir peur et fier d'avoir trans-
formé ceux qui était effrayants en amis!

Depuis, Léon garde ses amis tout près de lui
chaque jour. Il peut jouer avec eux, il se sent moins
seul. Il leur raconte tous ses secrets, lorsque quel-
quefois il n'est pas bien. Les poupées comprennent
et disent que ça arrive à tout le monde mais que ça
ne dure pas. Il a appris quelque chose d'encore plus
important, Léon! Il a appris que, à partir de maintenant, dès qu'il apercevra un Sans-Visages, il n'aura
qu'à penser, créer, inventer un visage nouveau et il
se fera encore de nouveaux copains. Car il sait
maintenant que derrière les Sans-Visages se trouvent parfois des amis...

LES ANGOISSES DE MORT
DE LAURA

Laura a dix ans lorsqu'elle me consulte. Elle a
déjà vu un psychiatre toute cette année, mais rien
n'y fait : elle se préoccupe toujours des autres
avec beaucoup d'anxiété. C'est une petite fille
qui semble sereine au premier abord, mais sa
maman me signale qu'elle est surtout agitée
lorsque des proches s'éloignent : « Elle s'angoisse
dès qu'une personne manque à l'appel. Par
exemple si sa sœur (plus petite) a du retard ou
que son frère (plus grand) reste chez un copain.
Tout le monde devrait rester à la maison et ne
plus en bouger ! » J'apprends que cette petite est
également suivie dans un hôpital pour enfants
car elle souffre de psoriasis aux articulations et
à la tête. La maman pense que la cause de ces
angoisses est survenue l'année dernière, alors

que le papa de Laura est mort brutalement à la maison d'une rupture d'anévrisme. Je compatis en soulignant que cette perte a dû être très douloureuse pour toute la famille et que bien sûr pour elle, en tant qu'épouse, ce fut sans doute un choc. Elle acquiesce, les larmes aux yeux, et ajoute : «Oui, surtout que la même année, j'ai perdu ma mère et l'année d'avant, mon père.»

Quand j'entre en résonance avec Laura, il me vient des images de mort : une famille emprisonnée, comme emmurée, un père parti qui fait écho bien sûr à son histoire. Mais il y a aussi la perte d'un bébé qui attire de la culpabilité (après la séance, j'en parle à la maman qui m'apprend qu'elle a perdu deux enfants lorsqu'elle était enceinte de quatre mois). Le conte métaphorique se dessine autour des départs positivés afin que Laura arrête d'imaginer que la personne absente ou en retard doit rejoindre le monde des morts…

CONTE : VIOLETTE À NOUVEAU ÉPANOUIE

Violette est une belle fleur qui fait partie d'un merveilleux jardin de village. Il y a là toutes sortes de fleurs et de toutes les couleurs : des bleues, des rouges, des orangées. Elles sont toutes belles et Violette les apprécie toutes. Max, le jardinier, vient régulièrement les arroser et leur parler. Il a toujours entendu dire qu'il fallait parler aux fleurs car ainsi elles poussaient mieux. Violette aime bien Max. Ce qu'elle n'aime pas, c'est le grillage qui entoure tout le jardin. Comme si toutes ces jolies fleurs étaient prisonnières. Mais les autres fleurs ne s'en font pas, elles continuent de pousser harmonieusement. Un

beau jour, alors que toutes les fleurs étaient tranquillement en train de pousser et de s'étirer vers le
soleil, Max est venu déterrer une fleur, puis il partit
avec. C'était une fleur bleue que Violette aimait
beaucoup et elle en eut du chagrin. On dit que les
fleurs ne peuvent pas avoir d'émotions. Ce n'est
pas vrai : elles existent aussi. La preuve : quand on
leur parle ou quand on leur fait écouter de la belle
musique, elles grandissent encore mieux ! Alors bien
sûr les fleurs peuvent aussi avoir de la peine. Et
Violette se dit que peut-être la Bleue reviendrait. Elle
attendait, tous les jours. Mais Max ne revint jamais
avec la Bleue. Puis, quelque temps après, le jardinier revint avec sa pelle et un pot. Il déterra cette
fois-ci la grande fleur rouge qui était près de Violette.
Violette avait envie de crier. Mais personne ne
pouvait entendre ses cris. Elle se tut. Avec tristesse.
Puis ce fut au tour de la fleur orangée de partir loin
de Violette. Voilà Violette qui se retrouvait toute
seule, toute triste. Toutes les fleurs étaient parties.
Où donc Max, le grand jardinier, les emportait-il ?
Elles devaient toutes être fichues à cette heure.
Violette pleura *(pause)*. Lorsque Max revint quelques
jours plus tard, elle sut que c'était son tour. Il déterra
Violette, la transporta jusqu'à un atelier rempli de
pots de toutes les couleurs. Il lui choisit un pot merveilleux. Comme Violette n'en avait jamais vu ! Un
pot mauve, assorti à ses pétales ! Une fois dans ce
pot, elle se sentait fière, Violette ! Puis Max la porta
dans un tout nouveau jardin. Un jardin inconnu. Que
personne ne connaissait jusqu'à maintenant. Il était
splendide ! Et si ensoleillé ! Et là, Violette en eut le
souffle coupé : toutes ses copines les fleurs étaient
là. Toutes ! Avec des pots assortis à leur couleur !
C'était tellement beau, tellement féerique que Violette
resta tous pétales ouverts pendant plusieurs jours
pour profiter de ce spectacle. Puis elle replia ses
pétales pour dormir paisiblement. En plus, ce qui

épatait notre jolie fleur, c'est qu'il n'y avait plus aucun grillage ici ! Ce qui permettait aux gens de passer dans les allées pour admirer ce tapis de fleurs. Depuis ce jour, Violette sait qu'elle ne sera plus triste lorsqu'elle verra d'autres fleurs partir. Elle ne se doutait pas alors que chacune allait vers un endroit aussi paisible et tranquille qu'ici !

ÉDOUARD, LE GARÇON QUI SE SENTAIT DIFFÉRENT

Édouard est en CE1. C'est un élève doué, intelligent et un garçonnet très vif et volubile, qui parle comme un adulte. Son problème ? Il bouge tout le temps et est agressif avec ses copains. Il ment aussi parfois. D'ailleurs, lorsqu'il se plaint de maux de ventre avant d'aller à l'école, ses parents se demandent s'il s'agit de la réalité ou pas… Il ne semble pas y avoir de manque d'autorité chez les parents qui reprennent régulièrement leur enfant quand ce dernier fait des bêtises. Les plaintes de l'école se répétant, les parents consultent pour que cette agressivité ne nuise pas à son évolution scolaire. Au niveau inconscient, ce sont des symboles de vengeance qui surgissent. Et aussi de différence. Édouard est martiniquais et je me demande si sa peau colorée a pu lui valoir quelques petites piques de la part des autres élèves. Il y a aussi des images de quelqu'un qui se cogne le front, du sang qui coule. J'intègre ces éléments dans mon histoire qui porte principalement sur la différence.

CONTE : TI-CHAT ET LES COULEURS

C'est l'histoire de Ti-Chat, un jeune enfant de sept ans, drôle et différent. Pourquoi Ti-Chat est-il différent? Parce qu'il aime le jaune! Tu dois penser qu'aimer le jaune n'a rien d'extraordinaire? Et tu as raison. Mais... Ce que tu ne sais pas, c'est que Ti-Chat habite un drôle de pays : c'est un endroit où les couleurs sont uniquement le noir et le marron foncé. Uniquement. Les autres couleurs sont interdites. Chaque pays a ses règles et dans ce pays-là les gens sont habitués à voir uniquement deux couleurs : le noir et le marron. Mais Ti-Chat aurait bien envie de voir un peu de jaune dans ce pays! C'est tellement beau le jaune! C'est la couleur du soleil! Alors Ti-Chat, qui est un garçon malin comme tout, invente une teinture qu'il fabrique avec des boutons d'or et de l'eau. Une teinture faite maison. En premier, il prend son pantalon pour le teindre et aussi son tee-shirt. Après avoir trempé ces deux vêtements dans l'eau colorée, ils sont tout jaunes! «Comme c'est beau!» s'exclame Ti-Chat qui est drôlement content. Il a réussi! Très fier, il va dehors pour montrer ses tout nouveaux vêtements. Tout le monde est stupéfait et inquiet! On lui dit : «Rentre vite, petit! Ne te montre pas comme ça!», ou : «Mais qui a fait ça, Ti-Chat?» Ti-Chat, lui, rigole. Et les autres enfants le trouvent drôlement courageux! Alors notre héros leur dit de faire pareil. Il leur donne même la recette! Puis il commence à se promener dans la rue en sifflotant. Mais... Les policiers sont vite au courant! Et ils décident d'arrêter notre petit garçon jaune! Ti-Chat s'enfuit et il court si vite qu'il se cogne la tête fortement. Du sang coule et il se sent un peu «sonné». Les policiers en profitent pour l'attraper et le ramener chez lui. À la maison, il se fait gronder par ses parents, bien sûr! Ensuite la vie continue. Pour Ti-Chat, c'est triste, toujours le marron et le noir à nouveau! Comment faire? *(Pause.)* Un beau jour, Ti-Chat a une idée merveilleuse! Il va rechercher des boutons d'or et de l'eau, les mélange et dans la bassine cette fois-ci il met... ses sous-vêtements! Toutes ses culottes deviennent jaunes! Comme ça, il peut les porter sans se faire remarquer! Lui seul sait qu'il porte en lui le soleil et ça ne dérange personne! *(Pause.)* Il faut bien arriver à trouver des solutions qui plaisent à tout le monde! *(Pause.)* Il est tellement content, il rayonne tellement que tous les enfants veulent faire pareil! Et, après avoir grandi, à l'âge où on travaille, Ti-Chat s'installe dans une nouvelle ville. Il en devient le chef et permet à tout le monde de choisir sa couleur de vête-ments! Les autres villes ont voulu faire pareil. Alors, depuis ce jour, grâce à Ti-Chat qui aimait être diffé-rent, on peut s'habiller comme on veut avec la couleur qu'on veut!

Après la séance, j'ai demandé à sa mère si un jour Édouard s'était cogné fort à la tête car cet élément ressort dans l'histoire métaphorique et je ne savais pas pourquoi. Elle me répond qu'en effet Édouard s'est cogné dans la cour il y a deux ans et qu'il a beaucoup saigné. Emmené à l'hôpital, on lui avait fait plusieurs points de suture sur le crâne, côté droit. Personne ne sait comment l'enfant s'est cogné et l'enfant dit qu'il ne s'en souvient pas. Ce qui est troublant, c'est que, pendant les trois jours qui ont suivi la séance, Édouard s'est plaint de maux de tête du côté droit, comme si la blessure se réactivait. Elle doit donc avoir un lien avec le thème de l'histoire, mais on n'en saura pas plus... Cette réactivation n'a duré que trois jours et aucune douleur n'est réapparue ensuite. La maman d'Édouard me confie qu'il est plus calme depuis qu'il a écouté ce conte. Il reste un enfant très malicieux, mais il parvient à chaque fois à trouver le moyen de ne pas se faire remarquer par les maîtresses et ainsi d'éviter les réprimandes des grands.

Pour finir, vous avez pu constater qu'une grande place était laissée aux questionnements intérieurs dans ce conte métaphorique (concrétisés par le mot « pause »). Comme si je posais les questions directement à l'enfant… Ou plutôt à sa partie qui sait tout… Les nombreuses pauses lui permettent de prendre le temps d'aller chercher intérieurement les réponses adaptées. On le voit, chaque histoire est unique et fait appel à des techniques différentes pour activer tout le matériel inconscient.

Pratiquer l'autohypnose

Cette partie du livre vous est proposée pour que vous fassiez vous-mêmes vos premiers pas d'hypnose. Évidemment, rien ne vaut quelques séances pratiquées chez un hypnothérapeute confirmé. Toutefois, grâce à ces exercices d'auto-hypnose, vous allez pouvoir vous familiariser avec les états modifiés de conscience et commencer à mettre en place des programmes d'ouverture et de bien-être. Il s'agit principalement de suggestions intérieures qui vous permettent d'entrer en transe seul afin de connecter votre esprit inconscient. Grâce aux inductions hypnotiques, vous allez apprendre à vous reconnecter à votre potentiel intérieur pour explorer de nouvelles voies. Tel un guide, votre partie inconsciente vous enseignera la meilleure façon d'évoluer, d'obtenir les réponses à vos questions au quotidien, de vivre plus sereinement votre vie et finalement de devenir vraiment créateur de votre existence... Les exercices sont entièrement écrits afin que vous puissiez les enregistrer ou les faire lire par un proche.

Suivez bien les conseils donnés ci-après et laissez-vous guider par votre intuition, vos images intérieures et vos propres codes. Rappelez-vous que vous êtes unique ! Je vous souhaite de belles séances d'autohypnose !

CHAPITRE VIII

Bien pratiquer l'autohypnose

Quatre points sont à respecter avant vos séances d'autohypnose. Surtout au début. Par la suite, vous n'aurez plus besoin d'y penser, l'inconscient sera déjà à l'œuvre…

Trouvez le bon moment

Il faut trouver un créneau horaire qui vous permettra de bien vous relaxer. Est-ce le matin ? Le soir ? Au coucher ? Vous pouvez expérimenter divers moments de la journée, vous trouverez ainsi facilement celui qui vous est le plus favorable… Et vous pourrez toujours en changer par la suite. Si vous choisissez un horaire trop tardif, et surtout si vous êtes fatigué, il y a de fortes chances que vous vous assoupissiez… Il est donc préférable d'éviter de faire vos exercices dans ce cas-là, sauf bien sûr si vous avez justement envie de demander à votre inconscient de

trouver le moyen de faire cesser votre insomnie…
Quoi qu'il en soit, prenez garde à prévenir votre
entourage que vous vous relaxez pour ne pas
être dérangé pendant votre exercice. Pensez à
bien débrancher le téléphone et à éteindre votre
mobile.

Choisissez votre endroit

Il est profitable de trouver un endroit chez
vous où vous vous sentez bien et où vous pourrez
être tranquille pendant toute la durée de votre
exercice. Si vous habitez un studio, vous pouvez
tout autant chercher une partie de votre pièce
où vous installerez un fauteuil ou un tapis avec
un coussin. Vous saurez que c'est «votre endroit
de relaxation». N'hésitez pas à installer une
atmosphère : lumière diffuse, bougies, parfum,
etc. L'inconscient enregistre toute cette ambiance
et au bout de quelques séances, lorsque vous
vous y remettrez, il comprendra que c'est votre
moment d'autohypnose et alors la transe sera
induite plus rapidement et plus facilement.

Installez-vous confortablement

Vous allez vivre un moment agréable dans un
autre état de conscience. Il serait regrettable
qu'un pantalon trop serré ou qu'une température

trop fraîche vous empêche de vous détendre totalement… Alors prévoyez éventuellement une couverture polaire douce et chaude qui vous enveloppera comme un cocon. Mettez-vous à l'aise dans un vêtement qui ne vous comprime pas et installez-vous confortablement. Il est préférable de mettre un coussin derrière la tête pour pouvoir être complètement détendu.

Préservez l'accord conscient-inconscient

Reconnaître et approuver les principes de l'hypnose permet à chacun de pouvoir plus facilement pratiquer l'autohypnose. C'est un accord entre le conscient et l'inconscient que je vous propose de récapituler en 10 points et que vous relirez avant chaque séance, les premiers temps :

1. Il existe deux parties en moi : l'esprit conscient et l'esprit inconscient.
2. Mon esprit inconscient peut être connecté grâce à la transe.
3. La transe est un état modifié de conscience naturel.
4. Je peux changer mes comportements ou pensées pour un mieux-être.
5. Tout changement doit s'effectuer en accord avec mes aspirations.
6. Chacun est différent : mon expérience est unique.

7. L'inconscient détient tous mes souvenirs, même ceux que je pense avoir oubliés.

8. Je possède en moi les ressources naturelles dont j'ai besoin.

9. Mon inconscient m'aide à trouver la solution adaptée à mes besoins.

10. L'inconscient est relié aux connaissances de l'inconscient collectif.

Les phases à respecter

Respectez l'évolution des phases proposées ci-après et enchaînez ces phases uniquement lorsque vous sentez que la précédente est bien intégrée ! Commencez par les techniques d'induction de la phase I, puis vous les enchaînerez à votre technique préférée de lâcher-prise pour la phase II. Ensuite, vous poursuivrez facilement avec les techniques de dissociation de la phase III pour finir en beauté avec l'exercice d'hypnose sélectionné parmi les dix que je vous propose dans cet ouvrage. Nul besoin d'avoir peur de la transe : on parvient toujours à en sortir facilement. Pour revenir confortablement, vous pouvez compter mentalement de 1 à 10 en demandant à l'esprit inconscient de revenir progressivement à la conscience. Reconnectez-vous toujours à ce qui est concret quand vous revenez à vous : au dossier du fauteuil, à la température de l'air de la pièce dans laquelle vous vous exercez, au sol qui est sous vos pieds, etc. Puis étirez-vous.

N'oubliez pas que plus vous répétez les exercices, plus ils seront efficaces ! Et surtout… Prenez plaisir à pratiquer tous ces exercices !

TEXTES LUS OU ENREGISTRÉS ?

• Tous les textes sont écrits pour être lus à haute voix, dans un style oral.

• Un-e ami-e en qui vous avez confiance et avec qui vous êtes bien peut vous les lire. Dans ce cas, donnez-lui toutes les consignes ci-après.

• Si vous êtes seul, vous pouvez lire plusieurs fois les textes pour bien les intégrer. Puis vous lâchez le livre pour reproduire le texte intérieurement. Bien sûr, dans ce cas, le texte ne sera pas intégral car vous n'allez pas l'apprendre par cœur ! Saisissez l'idée même qui se dégage du texte puis lancez-vous en faisant confiance à votre inconscient qui a déjà enregistré ce que vous avez lu et qui vous guide déjà… Vous pouvez également les enregistrer sur un support audio (type CD ou MP3). Dans ce cas, suivez bien les conseils ci-après et écoutez votre induction avec des écouteurs pour plus de confort.

Consignes

• Tentez de lire le texte d'une façon monotone mais fluide, sans contraste dans la voix. Lisez de manière calme et même lente, vous créez déjà l'apaisement…

• N'hésitez pas à insister sur les voyelles. Par exemple : « Voootre main seraaa légèèère. »

• Respectez les temps de pause qui sont indiqués entre parenthèses. Lorsqu'il est écrit «pause», comptez au moins deux à trois secondes. Pour «longue pause», allongez le temps de plusieurs secondes. Lorsqu'on demande d'effectuer un travail de recherche (une métaphore, un signe, un symbole à trouver…), évaluez un temps moyen correspondant au temps qu'il faut. Rappelez-vous qu'en état modifié de conscience, on est dans un autre espace-temps et qu'il vous faut plus de temps que dans le temps présent pour que l'introspection soit vraiment confortable… Enfin, lorsqu'un mot est entouré de deux mots «pause», c'est qu'il est ainsi placé pour être mis en valeur. Comptez alors une petite seconde pour ces silences.

• Les répétitions sont voulues car elles permettent une meilleure assimilation sous hypnose.

• Si vous désirez que ce texte vous corresponde encore plus, vous pouvez le réécrire en remplaçant certains mots ou images par ceux qui vous parlent mieux.

L'induction (phase I)

Il existe différentes techniques pour entrer en transe. Vous pouvez en essayer plusieurs afin de choisir celle qui vous correspond le mieux. Vous pouvez également en changer lorsque vous choisissez un nouvel exercice d'autohypnose… Je vous propose deux entraînements qui doivent vous permettre de vous détendre tout en restant conscient de votre environnement. J'y ajoute la respiration ventrale afin de renforcer la sensation d'apaisement. Mais nul besoin de «vouloir» à tout prix vous détendre : la volonté est dictée par votre mental et cette façon de faire vous empêcherait d'entrevoir et ressentir le lâcher-prise tel que vous devez le vivre. De même, ce n'est pas parce qu'un de vos amis a réussi à totalement s'apaiser avec une méthode que cette dernière est bonne pour vous... Rappelez-vous que vous êtes unique ! Choisissez ensuite votre texte préféré, que vous pourrez faire lire ou enregistrer.

LE POINT FIXE

Une fois que vous êtes en position assise, soit sur votre sofa, votre fauteuil, ou bien par terre si vous préférez, choisissez un point qui se trouve devant vous. Ni trop haut, ni trop bas, afin que vos yeux puissent le fixer facilement sans fatigue. C'est peut-être une partie d'un tableau, d'un mur, la feuille d'une plante, etc. Maintenez votre regard sur ce point aussi longtemps que vos yeux vous le permettront. Lorsque les yeux seront fatigués d'observer ce point, ils se fermeront tout seuls pour que vous puissiez entrer dans une transe agréable et profonde. Voici le texte que vous pouvez enregistrer :

Installez-vous confortablement *(pause)*. Choisissez un point face à vous. Un tout petit point que vous gardez bien en vue *(pause)*. Regardez ce point durant tout le temps que vous souhaitez *(longue pause)*. Voilà, continuez de fixer ce point. La plupart des personnes qui fixent ainsi un point en profitent pour se détendre. Et plus on fixe le point, plus on se détend *(longue pause)*. Fixez ce point le temps qu'il vous est nécessaire pour que vos yeux aient envie, tout naturellement et à votre rythme, de se *(pause)* reposer *(longue pause)*. Laissez faire, rien ne presse, vous avez tout le temps *(longue pause)*. Tout en continuant de fixer ce point, ce même point, il est possible que vos yeux piquent ou que la vue se brouille. Ce sont des phénomènes tout à fait normaux, laissez faire *(longue pause)*. Et lorsque vos yeux sont fatigués de regarder le point, les paupières se ferment toutes seules *(pause)* facilement *(pause)* à leur rythme *(longue pause)*. Et la plupart des personnes trouvent cela très agréable de pouvoir fermer les paupières et de laisser leurs yeux se reposer *(longue pause)*. Et quand les yeux se reposent, c'est comme si autour de vous tout se reposait aussi. Un peu comme lorsqu'on ferme ses volets pour être tranquille et que le silence se fait dans la maison *(longue pause)*. Et pendant que vos yeux se reposent, vous pouvez en profiter pour reposer aussi votre corps en laissant l'air s'installer en vous et le ventre peut se gonfler à chaque inspiration. Sans forcer, doucement, vous inspirez l'air par le nez, lentement. Le ventre se gonfle puis l'air ressort *(pause)*. Voilà *(pause)*. L'air est inspiré *(pause)* et ressort *(pause)*. C'est une respiration de relaxation *(pause)*. Les bébés respirent comme ça. Au fil du temps, on oublie cette façon de respirer qui est tranquille, ample, lente *(pause)*. Et il est possible que vous ayez l'impression d'être encore plus détendu à chaque fois que vous expirez *(pause)*. Encore plus détendu à chaque expiration *(pause)*. L'air entre et ressort *(pause)*. C'est bien *(pause)*. Et en laissant votre respiration naturelle s'installer à votre rythme, vous avez la possibilité maintenant de vous connecter à votre esprit inconscient qui peut vous adresser des images très agréables. Ces visualisations vous permettront d'être vraiment apaisé et calme *(pause)*. Et à la fin de cette séance vous reviendrez à votre conscience normale quand vous le souhaiterez et à votre rythme. Lorsque vous reviendrez à votre conscience normale, vous ressentirez les bienfaits de cette pause. Vous serez reposé et en pleine forme, totalement disponible aux activités de votre vie *(pause)*.

L'ATTENTION SOUTENUE ICI
ET MAINTENANT

Cet exercice peut être réalisé seul ou bien être enchaîné à la première technique si vous souhaitez encore plus de relâchement. Il s'agit de focaliser particulièrement votre attention sur vos sensations. Ainsi, tout en fixant le point que vous avez choisi, vous pouvez étendre vos perceptions à d'autres parties du corps... Avant de se dissocier, de «partir» vers des exercices plus approfondis, il est préférable de savoir d'où l'on part... C'est beaucoup plus sécurisant. En vous reconnectant au fauteuil, à la terre, à votre corps, vous pourrez plus facilement vous abandonner par la suite. Voici le texte qu'il est possible d'enregistrer :

Peu importe la position que vous avez, l'important est de vous sentir bien, confortablement installé *(pause)*. Comme la plupart des gens, vous avez la possibilité de vous concentrer sur toutes les sensations que vous ressentez *(pause)*. Par exemple, qu'entendez-vous maintenant *(longue pause)* ? Déjà, vous entendez la voix qui vous guide, bien sûr si ce texte est enregistré... Et peut-être d'autres sons *(longue pause)* ? Et maintenant, peut-être que vous pouvez ressentir la position de votre dos, par exemple *(pause)*. Voilà *(pause)*. Et puis, que vous ayez les yeux fermés ou pas, il est possible que vous parveniez à voir des formes, des couleurs *(pause)* ou le noir *(pause)*. Quelles sont vos sensations visuelles *(longue pause)* ? À l'intérieur de votre corps, il est possible que vous puissiez sentir l'air que vous inspirez. L'air qui s'installe tranquillement à chaque inspiration. Sentez que le ventre peut se soulever chaque fois que vous inspirez *(longue pause)*. L'air entre et le ventre se gonfle doucement *(pause)* et l'air ressort *(pause)*. Voilà *(pause)*. Et vous vous apercevrez peut-être combien cette détente est agréable à chaque expiration *(pause)*. À chaque expiration, vous approfondissez cette relaxation pour qu'elle soit vraiment agréable *(longue pause)*. Maintenant concentrez-vous à nouveau sur les sons que vous pouvez entendre, détaillez-les intérieurement. Le son d'une voix, dehors des chants d'oiseaux… à moins que ce ne soit le silence total *(longue pause)*. C'est très bien. Sentez maintenant la position de vos pieds *(pause)*, de vos mains *(pause)*, de votre tête *(pause)*. Voilà, c'est bien *(pause)*. Et maintenant demandez à votre peau de vous donner toutes les informations sur la pièce dans laquelle vous vous trouvez : fait-il chaud ? froid *(pause)* ? L'air est-il humide ou pas *(longue pause)* ? Il est possible que vous preniez conscience d'autres sensations corporelles. Comme des fourmillements, c'est le cas parfois lorsqu'on se relâche *(pause)*, ou des sensations de lourdeur *(pause)*. Toutes ces sensations arrivent parfois et sont tout à fait normales. En acceptant toutes les sensations de votre corps, vous lui permettez de se relâcher de plus en plus *(longue pause)*.

Le lâcher-prise (phase II)

Que vous ayez choisi la technique de fixation, ou celle des sensations physiques de la phase I, vous devez maintenant approfondir votre détente en relaxant au mieux votre corps et votre mental. Voici donc deux exercices différents qui vous aideront à totalement lâcher prise. Il vous suffira d'enchaîner celui que vous appréciez le plus à la technique d'induction que vous aurez appréciée en phase I.

LA POUPÉE DE CHIFFON

Vous êtes toujours bien installé sur votre siège ou par terre et vous centrez votre attention sur votre bras droit. Et, quand vous le souhaitez, vous soulevez votre bras droit en comptant jusqu'à 3 *(pause)*. Sentez bien la tension dans ce bras *(pause)*. Puis relâchez en expirant *(pause)*. Maintenant vous pouvez sentir que votre main est détendue, très détendue. Peut-être même toute molle. À l'image de ces poupées de chiffon qui sont toutes molles *(longue pause)*. Profitez de ce moment pour apprécier la légèreté de votre bras droit *(pause)*. Et vous pouvez vous amuser à essayer de soulever votre bras droit uniquement mentalement, sans le bouger physiquement. C'est amusant, essayez, vous verrez, vous pouvez imaginer que votre bras droit se lève et qu'il vient se reposer *(longue pause)*. Voilà. Profitez de toute votre légèreté à nouveau *(longue pause)*! Et peut-être qu'il vous vient l'envie d'essayer avec votre bras gauche maintenant ? Alors soulevez votre bras gauche pendant 3 secondes *(pause)*. Sentez les tensions dans ce bras gauche *(pause)*. Voilà, relâchez en expirant et sentez à quel point votre bras gauche se détend, devient tout mou, comme la poupée de chiffon. Profitez de ce moment de détente *(longue pause)*. Puis, mentalement, imaginez que votre bras gauche se lève pendant 3 secondes et se repose à nouveau *(longue pause)*. Voilà, profitez de ce bras de chiffon, tout mou, tout détendu, tout tranquille *(longue pause)*. Et maintenant, vous pouvez faire le même exercice avec vos deux bras ensemble. Tout d'abord en les soulevant réellement pendant quelques secondes *(longue pause)*. Et en les relâchant *(longue pause)*. Puis en imaginant que vous soulevez les deux bras en même temps pendant 3 secondes *(longue pause)*. Voilà. Et en les relâchant, peut-être que vous avez l'impression que vous êtes encore plus détendu. C'est très bien *(longue pause)*. Et maintenant, centrez-vous sur vos jambes *(pause)*. Vous allez pouvoir faire le même type d'exercice avec vos jambes *(pause)*. Et je ne sais pas si vous allez refaire cet exercice avec votre jambe gauche en premier, ou votre jambe droite. Vous choisissez la jambe que vous préférez soulever en premier. Pas très haut, juste à la hauteur que vous souhaitez pendant quelques secondes *(longue pause)*. Voilà, relâchez cette jambe maintenant et profitez de ce moment *(longue pause)*. Puis imaginez soulever cette même jambe sans qu'elle bouge vraiment *(longue pause)*. Voilà, en la reposant, sentez que vous êtes encore plus détendu *(pause)* ou pas. Repensez à la poupée de chiffon. Puis vous soulevez l'autre jambe pendant 3 secondes *(longue pause)*. Et relâchez en expirant. Voilà *(pause)*. Profitez pleinement de cette détente *(longue pause)*. Bien, maintenant pensez que vous réalisez cet exercice en imagination seulement, vous vous voyez soulever cette autre jambe. Voilà 1, 2, 3, c'est bien, reposez totalement *(longue pause)*. Alors que vous commencez à vous familiariser avec cet exercice, vous vous amusez à soulever les deux jambes ensemble pendant quelques secondes, voilà *(longue pause)*. C'est bien, en reposant, repensez à cette poupée de chiffon *(longue pause)*. Imaginez que vos deux jambes se soulèvent pendant que, en réalité, elles restent pourtant dans la même position *(longue pause)*. Et dans votre tête vous relâchez totalement ces deux jambes maintenant *(longue pause)*. Avant de vous relâcher entièrement et totalement, vous allez maintenant soulever légèrement la tête, juste un peu pendant 3 secondes *(longue pause)*. Bien, reposez-la avec plaisir en expirant *(longue pause)*. Vous pouvez imaginer soulever votre tête sans effort, facilement quelques secondes *(longue pause)*. Et quand vous vous reposez, tout votre corps profite de cette situation pour totalement prendre plaisir à se détendre, à se reposer, à se laisser porter par le siège, comme une poupée de chiffon posée là, toute détendue *(longue pause)*. Profitez de ce moment de douceur et de détente le temps que vous souhaitez *(longue pause)*.

LA LUMIÈRE INTÉRIEURE

Toujours bien installé sur votre siège, mettez les pieds en contact avec le sol afin de bien sentir le sol sous vos pieds *(longue pause)*. Contact avec le sol *(longue pause)*. C'est le contact avec la Terre *(longue pause)*. La Terre qui porte, qui nourrit et va maintenant vous aider à vous relâcher *(longue pause)*. La Terre ronde et chaude, que vous pouvez imaginer comme remplie d'une lumière douce et relaxante. Peut-être que vous pouvez laisser votre inconscient vous adresser toutes les images et sensations qui sont liées à une lumière de détente. Quelle serait la lumière de détente pour vous *(pause)* ? Quelle en est la couleur *(longue pause)* ? La consistance *(longue pause)* ? Est-ce une lumière tiède, chaude, très chaude ? Ou bien un peu fraîche ? Pour vous relâcher totalement, il existe une température qui vous est idéale et la lumière de la Terre est juste à cette température idéale *(longue pause)*. Toute cette lumière est là sous vos pieds et la Terre va laisser maintenant monter toute cette lumière de relaxation vers vous *(pause)*. La lumière monte dans les pieds tout d'abord, en apportant tous les bienfaits de la détente. Elle délivre des informations aux muscles de votre corps pour que ces muscles se relâchent pleinement *(longue pause)*. Les deux pieds se relâchent totalement *(longue pause)*. Et maintenant laissez la lumière monter dans vos jambes. C'est comme si elle était programmée pour vous détendre sans même que vous ayez besoin d'y penser. Tout se fait très naturellement, à votre rythme *(longue pause)*. Voilà, les jambes se détendent complètement, c'est bien *(longue pause)*. Chaque muscle se détend, la température de cette lumière est bonne pour vous et vous incite à vous relâcher. Et plus cette lumière monte en vous, plus vous êtes détendu, relâché, relaxé *(longue pause)*. Et je ne sais pas si cette lumière monte maintenant vers votre ventre d'un seul trait ou progressivement. Tout se fait à votre rythme *(longue pause)*. La lumière détend chaque organe, relâche chaque muscle et c'est ce qu'il vous fallait pour vraiment vous détendre *(longue pause)*. Tout en laissant la lumière continuer de monter le long de la colonne vertébrale et dans la poitrine, vous pouvez autoriser des images d'apaisement à flotter devant vos yeux fermés, sans les juger. Votre inconscient est déjà en lien avec vous, cette partie de vous qui détient les codes qui vous correspondent. Vous pourrez y réfléchir plus tard. Pour l'instant, vous continuez de vous laisser porter par cette lumière qui vient, comme un fluide magique, vous détendre encore plus. Et plus cette lumière monte, plus vous êtes détendu *(longue pause)*. Pendant que la lumière de relaxation, la lumière de la Terre, s'étend jusqu'aux bras, jusqu'aux mains, vous en profitez pour vous détendre encore plus car vous savez que lorsque vous êtes détendu, votre corps se repose et se régénère parfaitement *(longue pause)*. Et plus vous vous détendez, plus votre esprit s'apaise, se tranquillise *(pause)*. Maintenant la lumière se situe peut-être au niveau des épaules, ou bien du cou, avant d'illuminer tout le visage, toute la tête, tout le crâne *(longue pause)*. Tout votre corps est rempli de cette douce lumière relaxante dont vous profitez pleinement *(longue pause)*. Et cette lumière va aider votre corps et votre mental à totalement vous relâcher et se régénérer. C'est un processus naturel qui va vous permettre d'être en pleine forme à la fin de la séance pour vivre votre vie en conscience réunifiée *(longue pause)*. Et pendant que votre corps se détend, vous allez en profiter pour être en lien avec votre partie inconsciente. Cette partie qui détient tous vos codes, qui connaît les clefs de votre bien-être et qui va pouvoir vous aider à continuer un processus de développement personnel *(longue pause)*.

La dissociation (phase III)

Les phases I et II permettent déjà à beaucoup d'entrer en état amplifié de conscience. Toutefois, pour approfondir la transe, vous allez pouvoir choisir un moyen de dissocier votre partie consciente de votre partie inconsciente. Vous allez donc maintenant créer un lieu hors espace-temps qui sera votre lieu privilégié et qui vous permettra de connecter à loisir votre partie inconsciente. On l'a vu, se concentrer sur des images de plénitude conduit à un certain nombre de changements physiologiques tels que baisse de pression artérielle, respiration plus ample et plus lente, ainsi qu'un sentiment intérieur d'apaisement. Ce lieu imaginaire, je l'ai appelé «lieu ressources», car il permet de vous ressourcer tout en contenant les nombreuses ressources que vous possédez. Ces ressources inconscientes, ce sont tous vos souvenirs, ceux de votre famille, tout ce que vous avez appris tant sur le plan intellectuel qu'émotionnel. Y compris les compétences que vous ignorez ou que vous avez laissées de côté au cours de votre vie. Nous fourmillons de qualités et de capacités que nous n'utilisons jamais ou si peu. Aller dans ce lieu ressources, c'est aller à la source de ces informations que nous détenons. En vous dissociant d'un lieu (ici et maintenant) à un autre (lieu ressources), vous avez l'occasion de laisser le mental, le conscient se reposer dans votre siège avec votre corps et vous envoler au pays de votre inconscient, celui qui détient vos clefs… Cet exercice est donc puissant puisque, lorsque vous êtes sur votre lieu ressources, vous savez que c'est avec votre partie inconsciente que vous êtes en lien…

Je vous propose divers moyens de «voyager» hors du temps et de l'espace. À vous de choisir celui qui vous plaira avant d'arriver sur votre lieu ressources. Comme exemple de texte écrit, j'ai sélectionné celui de l'ascension en ballon. Cependant, vous pouvez le remplacer par un autre moyen s'il vous paraît plus approprié à vos envies. Par exemple, dans le même ordre d'idées, vous pouvez imaginer qu'un nuage vient jusqu'à vous, ou qu'un tapis des Mille et Une Nuits vole jusqu'à vos pieds, prêt à vous emporter au loin. Peut-être aurez-vous envie qu'un ange vienne vous soulever et vous porter dans les airs ? Ou, si vous aimez le confort et la sécurité, il est possible de construire un vaisseau spatial dernier cri qui vous conduira où il faut. Vous pouvez encore imaginer tout simplement qu'à la prochaine expiration que vous faites, vous atteindrez cet endroit de délices. Dans ce cas, réécrivez l'exercice tel qu'il vous paraît assimilable. Et si un autre moyen de locomotion vous tient plus à cœur, alors n'hésitez pas, prenez-le ! Il se peut qu'une idée saugrenue vous passe par la tête pour voyager. Très bien ! Baladez-vous à votre manière ! L'inconscient vous adresse des images, des idées, votre intuition est déjà activée, laissez-la agir !

L'ASCENSION EN BALLON

Et maintenant que vous êtes détendu juste assez pour bien vous reposer, vous laissez les images se former derrière vos yeux fermés. Des images de légèreté, comme celles de ballons qui viennent au-dessus de votre corps *(longue pause)*. Ce sont des ballons gonflés à l'hélium, comme ceux que l'on voit dans les airs que les enfants ont laissé s'échapper *(pause)*. Ils sont légers. Ils flottent dans les airs. Légers, légers… *(longue pause)*. Vous pouvez les compter, ces ballons : deux, trois, quatre ou plus ? Peut-être qu'il en arrive encore *(pause)* ? De quelle couleur sont-ils ? De la même couleur ou de couleur différente *(longue pause)* ? Maintenant, ces ballons vien-nent au-dessus de votre corps *(pause)*. Afin de vous alléger, chaque ballon a une ficelle qui vient s'en-rouler autour d'une partie du corps *(longue pause)*. Laissez faire : un ballon vient s'enrouler autour d'une partie de votre corps, je ne sais pas si c'est la che-ville, ou le poignet, ou bien la tête. Et cette partie se relâche encore plus car elle devient légère, légère. Grâce à la légèreté de ce ballon gonflé d'air *(longue pause)*. Puis peut-être qu'il y a un autre ballon qui vient au-dessus d'une autre partie du corps *(pause)*. Laissez venir les ballons : ils sont bons pour vous : ils vous permettent de complètement vous relâcher *(pause)*. Et il est agréable de se laisser porter, de devenir léger léger, comme ces ballons qui flottent dans les airs. Et plus ces ballons vous portent, plus vous vous relâchez *(longue pause)*. C'est très bien.

CRÉER SON LIEU RESSOURCES

Pendant que vous êtes assis bien confortable-ment sur votre siège, une partie de vous part ailleurs, dans un autre espace-temps. Un lieu va se former devant vos yeux intérieurs. Un espace très agréable, en dehors du temps *(pause)*. C'est peut-être la mer, la campagne, la montagne, ou bien un autre paysage qui vous vient en tête maintenant. À moins que ce ne soit un lieu fermé, comme une chambre, un salon. Certaines personnes imaginent des lieux irréels, un peu comme dans les contes de fées *(longue pause)*. C'est peut-être un lieu que vous connaissez déjà et que vous aimez beaucoup. C'est peut-être un lieu que vous inventez totalement. Peu importe. L'impor-tant, c'est que vous soyez bien dans ce lieu, Sentez que vous êtes bien dans ce lieu *(longue pause)*. Prenez le temps qu'il faut *(longue pause)*. Ce lieu est votre lieu ressources. Vous y êtes maître à bord. Personne ne peut venir sans votre autorisation car vous êtes ici chez vous. Dans ce lieu, vos désirs sont des ordres *(longue pause)*.

Pour que ce lieu soit encore plus confortable, vous pouvez l'imaginer sous le soleil. Et s'il fait beau, alors vous ressentez sans doute les rayons du soleil sur votre peau *(longue pause)*. Il est possible que vous entendiez les sons qu'il y a dans votre lieu. Peut-être entendez-vous des oiseaux par exemple ? Ou bien le vent ? Ou d'autres sons ? Ou bien peut-être qu'il y fait silence *(longue pause)* ? Et je ne sais pas ce que vous allez apprécier le plus dans ce lieu. Peut-être les sons, les sensations physiques, la vue de tout ce paysage *(pause)* ? Ce lieu est votre lieu. Un espace qui apaise et qui ressource. C'est un endroit où vous pourrez revenir pour l'aménager encore plus, si vous en avez envie. Et vous pourrez de plus en plus facilement puiser dans la richesse de ce lieu pour retrouver toutes les compétences que vous avez en vous. Vous y puisez toute l'assurance et tout l'équilibre dont vous avez besoin dans votre vie de tous les jours. Et vous pourrez vous apercevoir dans votre vie de tous les jours à quel point cet espace est bénéfique *(longue pause)* ! Plus vous reviendrez dans ce lieu, plus il vous sera facile d'y revenir rapidement, plus vous aurez plaisir à y revenir. Et plus vous irez dans votre lieu ressources, plus vous sentirez à quel point ce lieu est bon pour vous. Un lieu sécurisant et apaisant où vous pouvez facilement reconnecter toutes vos ressources *(longue pause)*.

CHAPITRE X

Exercices d'autohypnose

Après avoir enchaîné, à votre rythme, les phases I, II et III, et alors que vous êtes dans votre lieu ressources, vous êtes prêt pour expérimenter les exercices proposés dans ce chapitre. Vous pouvez les faire dans l'ordre qui vous plaît ! Ou bien vous centrer sur un ou deux entraînements qui vous semblent préférables pour vous et garder les autres pour plus tard au gré de vos envies ou besoins. Tout comme pour les autres parties, les exercices peuvent être expérimentés après les avoir simplement lus et vous en être imprégné, soit être enregistrés sur un support audio. Le rythme doit être doux, lent, voire monotone, entrecoupé de pauses régulières propices au travail inconscient. Respectez impérativement des pauses plus longues lorsque le texte l'indique. Lorsque les images proposées dans le texte sont chassées par des images qui vous correspondent mieux, et tant que ces représentations sont agréables, voire porteuses d'informations pour

146 / Se libérer par l'hypnose

vous, alors prenez de préférence ces images qui vous sont adressées par votre partie inconsciente. Rappelez-vous qu'il détient vos codes profonds, les clefs de votre bien-être… Faites-vous confiance !

Réactiver les bonheurs passés

Cet exercice aide à positionner l'inconscient sur les valeurs positives que vous possédez. Quand les choses vont mal, on rabâche souvent ses malheurs pour que nos proches nous entourent et nous témoignent de l'affection. À trop jouer à ce petit jeu, on risque de finir par croire vraiment que la vie n'est parsemée que d'embûches et ponctuées de désagréments… Ce qui est faux, y compris pour les personnes qui ont vécu de nombreux épisodes douloureux. Il y a toujours des moments de vie agréables à récupérer ! Alors ce sont ces bouts de vie-là qu'on va retrouver lors de ce premier exercice qui est une régression en âge (la régression peut aussi vous emporter vers un temps récent, comme la semaine dernière, des vacances proches, ou un temps plus éloigné, dans l'enfance par exemple… rappelez-vous que l'inconscient est hors du temps !). En dirigeant nos pensées vers le passé agréable, le bénéfice est double : primo, on revit tous les bienfaits de ces moments pour bien s'en imprégner et éclairer notre journée, secundo, l'inconscient comprend le message et programme des comportements ou pensées positifs pour notre vie présente et future.

Confortablement installé dans votre lieu ressources, vous profitez pleinement de ce moment de détente *(longue pause)*. Vous savez que vous pouvez venir et profiter de ce lieu autant de fois que vous le désirez et pour le temps que vous désirez *(longue pause)*. Vous êtes maître à bord. C'est VOTRE lieu *(longue pause)*. Et pendant que vous vous relaxez, votre partie inconsciente peut s'éveiller, vous aider à aller encore mieux *(longue pause)*. Votre esprit inconscient connaît tous vos codes, vos aptitudes, vos compétences, même celles que vous pensez avoir oubliées *(longue pause)*. Et maintenant il est temps de retrouver parmi tous les moments de votre vie les moments de plaisir, de tranquillité, de bonheurs passés qui peuvent être «présents» *(pause)*. Des moments passés qui sont de vrais cadeaux, de vrais «présents». Vous avez un moyen de voyager à travers le temps et l'espace et je ne sais pas lequel. Peut-être les ballons? Une fusée? Un tapis volant? Ou un autre moyen que vous avez trouvé et qui vous est agréable pour traverser le temps et l'espace? Vous allez retrouver ce moyen-là maintenant *(pause)*. Voilà *(pause)*. Un moyen de voyager à travers le temps et l'espace. Pendant que vous restez tranquillement dans votre présent à vous reposer *(longue pause)*. Et ce moyen de locomotion est conduit par votre instance supérieure : votre partie inconsciente qui connaît tout de vous et qui désire uniquement vous montrer le chemin du bien-être *(pause)*. Alors, laissez-vous porter par votre partie inconsciente qui vous guide maintenant vers un bonheur passé *(longue pause)*. C'est peut-être récent ou très éloigné dans le temps. Peu importe. Hors du temps, hors de l'espace, vous voyagez jusqu'à un moment agréable de votre vie *(longue pause)*. Et quand un bonheur apparaît, vous le revivez pleinement, totalement. Ressentez bien les vibrations, les sensations d'alors qui sont maintenant présentes en vous *(longue pause)*. Des sensations très agréables *(longue pause)*. Vous vous souvenez uniquement de ce qui était agréable *(pause)*. C'est peut-être une pensée, un éclat de rire, un sourire, une sensation de bien-être *(pause)*. L'inconscient peut choisir des petits bonheurs simples : un coucher de soleil, un bain relaxant, un tête-à-tête amoureux, la caresse d'un enfant, d'une mère… Ils sont nombreux. Très nombreux ces plaisirs de la vie que vous avez *(pause)* déjà *(pause)* expérimentés. Revivez un de ces souvenirs maintenant *(longue pause)*. L'inconscient se souvient de bien d'autres souvenirs agréables pendant que vous revivez celui-ci, même des souvenirs que vous pensez avoir oubliés ou que vous avez négligés *(longue pause)*. L'inconscient se souvient de tout ce que vous avez vécu d'agréable au fil de votre vie, et ces sensations de bonheur, vous voulez les retrouver et les réactiver dans votre présent *(longue pause)*. L'inconscient réactive toutes les sensations de bonheur pour qu'elles vibrent en vous *(longue pause)*. Et vous prenez le temps de vous rappeler, de ressentir tout ce qui est agréable *(longue pause)*. Puis, quand vous le voudrez, vous revenez à votre rythme vers la pièce où se trouve le corps physique, tout doucement, à votre rythme, en rapportant toutes les sensations agréables de bonheur *(longue pause)*. À votre rythme, vous revenez en rapportant les sensations de bonheur et vous les gardez en vous aussi longtemps que vous souhaitez *(longue pause)*. Et comme une boule de neige qui descend la montagne et qui s'amplifie, votre sensation de bonheur va s'amplifier au fil du temps dans votre vie réelle, et entraîner d'autres nouvelles sensations de bonheur *(longue pause)*. Les beaux moments passés comme des présents *(longue pause)*. Et maintenant vous revenez au temps présent, ici et maintenant, en prenant le temps qu'il faut *(longue pause)*. Vous revenez en gardant en vous la sensation de bien-être, de bonheur tout en sentant le contact du siège sur lequel vous êtes *(pause)*. Et vous revenez au temps présent, étirez-vous, profitez pleinement du reste de la journée en savourant les cadeaux de la vie.

La cascade du bien-être

Le stress à petite dose est parfois positif. Cependant le mauvais stress empêche de vivre sereinement, surtout lorsqu'il s'accumule au fil du temps. Le but de cet exercice est de vous déstresser, d'enlever toutes les tensions tant physiques que mentales. La cascade va vous permettre de faire tout un travail symbolique autour du nettoyage intérieur et extérieur.

Alors que vous êtes dans votre lieu ressources et que vous profitez de ce moment très agréable, vous imaginez que vous approchez d'une très belle cascade *(longue pause)*. Il se peut que la végétation soit luxuriante. Vous pouvez observer les fleurs, les plantes autour de la cascade *(longue pause)*. Il fait chaud et bon, juste comme vous le souhaitez. La température idéale *(longue pause)*. Si vous le souhaitez, vous pouvez tendre l'oreille pour entendre le bruit de l'eau qui coule. C'est un son reposant *(pause)*. L'eau qui coule *(pause)*. Claire, limpide, pure *(longue pause)*. L'eau de la cascade vient de très haut après avoir puisé toute la force de la nature *(longue pause)*. Comme il fait chaud, vous allez bientôt ressentir l'envie d'aller sous cette cascade. Je ne sais pas si c'est maintenant ou après avoir profité de la vue magnifique ou après avoir écouté tous les sons autour de vous *(longue pause)*. Cette eau est particulièrement bonne pour vous. On dit que cette cascade a des pouvoirs extraordinaires puisqu'elle nettoie de tous les soucis, de tous les tracas, et aussi de toutes les tensions physiques *(longue pause)*. Vous allez très facilement vous retrouver sous la cascade *(longue pause)*. Une fois sous la cascade, laissez faire cette eau magique. La cascade prend toutes vos tensions et les emporte loin de vous *(longue pause)*. Toutes vos tensions glissent et se détachent de vous pour vous alléger *(pause)*. Et vous vous sentez de plus en plus léger *(pause)*. Libéré de ces tensions *(longue pause)*. Tout est si léger, agréable *(longue pause)*. L'eau coule, fluide. Tout est si léger... *(longue pause)*. Il est possible que vous voyiez toutes les tensions se détacher de vous. Les soucis, les tracas, les tensions physiques, tout se détache et s'écoute avec l'eau de la rivière, loin de vous *(longue pause)*. Vous vous sentez de plus en plus purifié, nettoyé *(longue pause)*. Je vous laisse le temps nécessaire pour profiter de cette cascade *(longue pause)*. Puis, quand vous le sentirez, vous reviendrez à votre rythme en rapportant avec vous ces sensations de légèreté et de bien-être que vous garderez le temps que vous désirez en revenant progressivement dans le temps présent avec cette même sensation de légèreté et de pureté.

Créer votre bulle protectrice

Cet exercice est indiqué si vous nourrissez le besoin de vous protéger du monde extérieur que vous ressentez comme agressif. C'est le cas, par exemple, lorsqu'il y a une mauvaise ambiance au travail, ou une trop grande pression de la part de votre supérieur hiérarchique. Il est aussi recommandé en cas de problèmes relationnels au sein de la famille ou entre amis. Attention : il ne s'agit pas de vous isoler, mais plutôt de vous préserver afin d'éviter que le négatif n'entre dans votre champ personnel, tout en laissant ce qui est positif vous régénérer. La bulle est unique pour chacun. Certains vont la sentir sur la peau (essentiellement les kinesthésiques…), d'autres vont l'imaginer très grande, ou colorée. Pour certains, elle sera très douce, pour d'autres qui auront envie de protection supplémentaire, elle sera plus épaisse ou en métal. Nul besoin d'y penser avant de réaliser votre exercice ! L'important est de vous laisser surprendre par votre inconscient. C'est lui qui crée cette bulle, pas votre mental ! Elle n'en sera que plus puissante…

Maintenant que vous êtes en sécurité dans votre lieu ressources, savourez ces moments de détente dans ce lieu où vous vous sentez à l'aise, chez vous *(longue pause)*. Afin de vous sentir encore mieux, vous cherchez un espace où vous pouvez vous reposer tout en jouissant de la sérénité de votre lieu *(longue pause)*. Dirigez-vous vers cet espace tranquillement tout en continuant de profiter de tout ce qui est bon dans votre lieu ressources *(longue pause)*. Voilà. Vous avez trouvé un endroit particulièrement agréable dans votre lieu ressources. Et, tandis que vous vous y dirigez, vous pouvez vous y reposer *(longue pause)*. Et, pendant que vous vous reposez dans cet endroit spécial, un fil de lumière bleue va venir vers vous. Il est possible qu'il vienne du ciel, de la terre, ou d'un autre coin de votre endroit *(pause)*. Peut-être que vous savez d'où il provient *(petite pause)* ou pas *(pause)*. Cette lumière bleue est une lumière bénéfique, une lumière de protection *(longue pause)*. Peu importe d'où elle provient, l'important, c'est toute l'énergie bénéfique qui parvient ici dans votre lieu ressources. C'est une lumière protectrice pour vous *(longue pause)*. Et je ne sais pas si cette lumière a la forme d'un faisceau, d'un rayon lumineux, d'une vapeur ou si elle est d'autre consistance *(longue pause)*. Je ne sais pas si le bleu est très clair, pastel, ou bleu mer-du-Sud. C'est la meilleure couleur pour vous *(longue pause)*. Vous observez cette lumière venir vers vous à une vitesse idéale pour qu'elle parvienne jusqu'à vous au moment opportun *(longue pause)*. À un moment donné, cette lumière va vous envelopper soit en une seule fois, soit par étapes selon ce qui est bon pour vous *(longue pause)*. Et vous vous laissez enve-lopper par cette lumière car vous savez intuitive-ment qu'elle est bonne pour vous *(longue pause)*. Il est possible que vous ressentiez cette lumière. Sentez si elle est chaude ou pas *(pause)*. Si elle est très proche de vous ou éloignée *(pause)*. Sa consis-tance est peut-être très légère, ou à peine visible, ou encore liquide comme une crème, comme une huile, ou bien dure comme du verre ou un miroir *(pause)*. Sentez à votre façon ce qu'elle a de bon pour vous. Laissez les sensations et les images venir à vous *(longue pause)*. La bulle continue de se former *(longue pause)*. Puis quand la lumière a fini de vous envelopper, profitez de la force, de la puis-sance de cette bulle autour de vous, sur vous *(très longue pause)*. Profitez de cette lumière qui vous entoure et pour le temps que vous désirez *(longue pause)*. Votre bulle est guidée par votre partie inconsciente, cette partie de vous qui vous connaît parfaitement et qui sait ce qui est bon pour vous, ce qui va vous permettre de vous sentir bien. Alors votre bulle guidée par votre inconscient va filtrer tous les messages extérieurs *(pause)*. Et tout ce qui négatif pour vous restera à l'extérieur de cette bulle. Et tout ce qui est positif entrera facilement en vous *(longue pause)*. Sans aucun isolement, votre bulle vous accompagne pour vous permettre de communiquer facilement et partager les émotions et les sensations agréables *(longue pause)*. Alors, à partir de maintenant et pour le temps que vous souhaitez, vous pouvez activer votre bulle de protection chaque fois que vous en ressentez le besoin, que ce soit chez vous, dehors, au travail. C'est une bulle qui vous protège, invisible aux yeux de votre entourage, uniquement visible par vous. Uniquement par vous et pour vous *(longue pause)*. Chaque fois que vous le souhaitez, faites appel à votre bulle pour vous sentir protégé *(longue pause)*. Vous allez profiter de cette bulle le temps que vous souhaitez puis, quand vous reviendrez dans le temps présent, vous vous apercevrez que vous pouvez continuer de sentir les bienfaits de cette bulle protectrice tout autour de vous.

La barque aux angoisses

Cet exercice convient aux personnes angoissées qui portent et supportent des contraintes trop lourdes. C'est peut-être de l'anxiété passagère ou une accumulation de problèmes qui empêchent d'être serein. Lorsque les angoisses sont trop nombreuses, trop fortes ou trop récurrentes, il est profitable de suivre ce processus afin de s'en libérer.

Arrivé sur votre lieu ressources, écoutez attentivement. Peut-être allez-vous trouver la source, la rivière qui est toute proche *(longue pause)*. Laissez votre intuition vous diriger vers cette rivière *(longue pause)*. Imaginez qu'une barque solide vogue tranquillement sur cette rivière *(longue pause)*. Cette barque est comme vous le souhaitez : de la couleur que vous souhaitez, de la forme que vous souhaitez, de la longueur que vous souhaitez. Il y a peut-être des inscriptions dessus. Ou pas *(longue pause)*. Cette embarcation s'approche de plus en plus de vous *(pause)*. Plus elle se rapproche, plus vous vous relâchez. Car vous sentez intuitivement que cette barque va venir vous aider *(longue pause)*. Cette barque est une aide qui vous est envoyée pour vous soulager. Alors plus vous la voyez venir, plus vous vous détendez *(pause)*. Voilà *(longue pause)*. Quand cette embarcation est toute proche de vous, vous pensez à des problèmes qui vous empêchent de vivre sereinement. Il y a peut-être une contrariété majeure, ou bien plusieurs. Pensez à ce qui vous préoccupe le plus en ce moment *(longue pause)*. Et puis, lorsqu'elle est tout à côté de vous, déposez dans cette barque tous vos soucis, tous vos problèmes. Tout ce qui est trop lourd à porter en ce moment. C'est peut-être sous forme d'objets, d'images, de sensations, de souvenirs. C'est votre façon de vous délivrer et votre inconscient vous guide *(longue pause)*. Ce que vous faites et la façon dont vous le faites, tout est parfait puisque vous êtes guidé par votre partie la plus intuitive *(longue pause)*. La barque est solide et peut parfaitement porter toutes ces choses trop lourdes pour vous *(longue pause)*. Prenez le temps de vous débarrasser de tout ce qui vous alourdit. Tout peut se faire en une seconde ou plusieurs minutes de temps d'horloge, peu importe, vous êtes hors temps et hors espace. Tout ce qui compte, c'est *(pause)* de vous soulager *(pause)*. Et c'est très bien comme ça *(longue pause)*. Une partie de vous ressent ce soulagement maintenant *(longue pause)*. Tous ces poids qui *(pause)* avant *(pause)* alourdissaient votre vie sont *(pause)* maintenant *(pause)* dans cette barque *(longue pause)*. Et la barque s'éloigne maintenant *(pause)*. Avec vos soucis *(longue pause)*. Elle s'éloigne de plus en plus loin *(pause)*. Et plus vous voyez cette barque s'éloigner, plus vous vous sentez heureux d'être enfin soulagé de toutes ces lourdeurs *(longue pause)*. Et à partir de maintenant vous allez vivre votre vie avec beaucoup plus de légèreté. Car vous savez que les soucis sont loin. Et c'est très bien comme ça *(pause)*. Vous allez vivre chaque jour un peu plus léger, un peu plus heureux. Chaque jour un peu plus. Et je me demande si vous allez ressentir cette merveilleuse sensation de légèreté et de bien-être maintenant ou à la fin de l'exercice *(longue pause)*. Vous allez progressivement revenir à vous pendant que votre partie inconsciente va continuer à vous rendre léger, sans même que vous ayez besoin d'y penser. Tout se fait automatiquement, systématiquement *(pause)*. Revenez à vous progressivement, à votre rythme, tout en gardant cette sensation de légèreté le temps que vous souhaitez. Peut-être des mois ou des années… Le temps qu'il vous plaira.

Découvrir
ses richesses intérieures

Cet exercice vous permettra de partir à la recherche de compétences que vous avez en vous mais que vous avez soit oubliées, soit négligées. Vous pouvez recommencer cet exercice sans obligatoirement retrouver chaque fois la même richesse car vous avez au fond de vous bien plus que vous ne pensez ! Ce qui vous apparaîtra est toujours ce dont vous avez besoin au moment où vous vous entraînez. Subtil, cet exercice nécessite que vous soyez habitué à lâcher prise et à accepter toutes les images mentales que vous adresse votre inconscient. Et si rien ne vient, soyez bien sûr que votre partie inconsciente envoie et enregistre des messages pour votre évolution. Vous en bénéficierez tout autant. Même si les messages seront conscientisés plus tard, vous en profitez déjà !

Alors que vous êtes dans votre endroit ressources pour vous recharger et vous reposer, vous partez à l'aventure sur votre lieu. Allez où vos pas vous guident jusqu'à ce que vous trouviez une pyramide égyptienne *(longue pause)*. Une pyramide égyptienne *(longue pause)*. Elle peut apparaître rapidement, ou bien il est possible qu'elle soit plus éloignée et que vous deviez marcher, parfois les belles choses demandent un peu d'effort et quand on y arrive, on est encore plus heureux, plus fier d'y arriver… *(longue pause)*. Lorsque vous arrivez devant la pyramide, vous trouvez un garde. Vous lui dites que vous venez chercher un de vos trésors enfouis, une de vos richesses qui se trouve là, enfouie dans cette pyramide *(longue pause)*. Le garde hoche la tête et vous montre le chemin qui descend à l'intérieur de la pyramide *(pause)*. Vous le suivez dans un couloir sombre dont quelques flambeaux illuminent le passage à chacun de vos pas *(longue pause)*. Ce chemin est étroit, pourtant vous passez facilement, toujours guidé par le garde qui est costaud. Vous avez confiance en lui, il vous semble si sûr de lui, il sait où vous conduire *(longue pause)*. Vous continuez de marcher, le chemin se fait de plus en plus étroit, parfois vous avez même besoin de ramper, toujours précédé de votre garde sécurisant *(longue pause)*. Au fur et à mesure que vous avancez, vous sentez que l'endroit où vous emmène votre garde est un endroit secret qui est important pour vous *(longue pause)*. Votre garde se tourne vers vous et vous laisse maintenant terminer le chemin. Vous voyez une grande lumière au bout de ce chemin et vous rejoignez cette dernière salle lumineuse *(longue pause)*. Aveuglé par la lumière, vous prenez le temps de rester là, dans cette salle pour vous habituer à ce rayonnement *(longue pause)*. Progressivement vous retrouvez la vue et vous êtes ébloui par toutes ces richesses. Des coffres, des bijoux, des montagnes de pierres précieuses. Sur le sol, des parchemins. Vous êtes peut-être étonné de penser que tout cela vous appartient *(longue pause)*. Vous avez en vous tant de richesses *(longue pause)* ! Un nouveau garde arrive en vous saluant. Il va maintenant aller chercher ce dont vous avez besoin dans votre vie actuellement. C'est peut-être un objet, un symbole *(pause)*, une qualité, une compétence *(pause)*, un souvenir qui vous permettra de mieux vous comprendre *(pause)*, une émotion nouvelle ou que vous aviez oubliée *(pause)*. C'est peut-être un mot, une phrase, un conseil *(pause)*. Acceptez tout ce que le garde vous offre, il est guidé par votre partie inconsciente qui sait ce dont vous avez besoin pour être de mieux en mieux sur votre chemin de vie *(longue pause)*. Laissez-vous surprendre *(longue pause)*. Et vous recevez un cadeau maintenant, même si vous imaginez que c'est impossible. Votre partie inconsciente, elle, reçoit le message qui est bon pour vous, sans même que vous ayez besoin de le recevoir directement. Parfois certains messages sont compréhensibles après. Vous recevez ce que vous êtes prêt à recevoir, vous entendez ce que vous êtes prêt à entendre, vous voyez ce que vous êtes prêt à voir. Tout se fait pour vous, à votre rythme *(longue pause)*.

Pendant que le garde vous reconduit vers la sortie, une partie de vous ancre le message au plus profond de vous. C'est un message important qui va vous permettre de mieux vous comprendre ou de mieux vivre votre existence à partir de maintenant *(longue pause)*. Vous remontez vers la sortie, tout est fluide et facile maintenant *(longue pause)*. Vous atteignez la sortie et vous remerciez les gardes pour leur accompagnement *(pause)*. Après les avoir salués, vous laissez le vent souffler sur ce lieu, le vent souffle et vous vous laissez totalement porter comme une plume dans le vent *(longue pause)*. Vous revenez vers la pièce où se trouve le corps physique en rapportant avec vous le cadeau révélé dans la pyramide *(longue pause)*. Une partie de vous utilisera ce cadeau pour votre bien-être dans les jours et les semaines qui viennent et vous comprendrez, maintenant ou plus tard, ce que vous êtes venu chercher pour évoluer *(longue pause)*. Vous revenez tranquillement à votre rythme, doucement, dans le temps présent, ici et maintenant.

Renforcer son assurance

Cet exercice est destiné aux personnes manquant d'assurance. Un geste associé à une visualisation représentant la confiance va vous être enseigné par votre inconscient. Ce sont vos codes. Vos visualisations peuvent vous sembler étranges au premier abord. L'inconscient a ses raisons que le conscient ne connaît pas toujours… Adoptez pour un temps le geste qui vous ancre dans l'assurance. Vous pourrez toujours l'abandonner ou en changer quand vous le souhaiterez en répétant l'exercice. Et puis, vous êtes toujours libre de revenir à un ancien comportement habituel! Si le geste d'ancrage est bon pour vous, vous le gardez. Et plus vous ferez votre geste d'ancrage (mentalement et réellement), plus votre estime de vous en sera renforcée.

En parcourant votre lieu ressources, laissez votre partie inconsciente vous délivrer la représentation d'une personne qui, selon vous, est sûre d'elle, pleine d'assurance *(pause)*. C'est peut-être une personne de votre entourage, que vous connaissez, ou bien un personnage historique ou mythique *(pause)*. C'est peut-être un personnage de cinéma, de roman *(pause)*. Ou bien encore un personnage qui existe uniquement dans votre tête, vous tel que vous aimeriez vraiment être *(longue pause)*. Laissez l'image venir à vous, accueillez-la sans la juger *(longue pause)*. Puis observez ce qui vous plaît dans cette personne, ce qui vous rassure chez elle *(longue pause)*. Vous appréciez peut-être son côté instinctif, ou bien son esprit dominateur, ou encore sa façon de s'exprimer, de bouger, sa générosité, ou bien autre chose encore que vous appréciez, que vous lui enviez *(longue pause)*. Vous souhaitez obtenir le même comportement assuré que ce personnage *(longue pause)*. Pendant ce temps, demandez à votre partie inconsciente d'enregistrer tout ce que vous appréciez d'assurance chez ce personnage afin de reproduire cette confiance dans votre vie réelle *(longue pause)*. Ce personnage va maintenant vous montrer un geste simple, réalisable n'importe où et qui vous convient parfaitement pour gagner en assurance *(longue pause)*. C'est votre geste d'ancrage, un geste qui rappelle à l'inconscient le comportement d'assurance que vous désirez avoir *(longue pause)*. Votre partie inconsciente enregistre ce geste qui va vous permettre de rehausser votre assurance quand vous le souhaitez et où vous le souhaitez *(pause)*. Et, dans votre lieu ressources, vous pouvez vous entraîner à faire ce geste en sentant en vous cette formidable sensation d'assurance, de confiance en vous *(longue pause)*. Sentez grandir en vous la confiance *(longue pause)*. Voilà *(pause)*. Et maintenant remerciez ce personnage pour être venu vous inspirer et vous enseigner ce geste d'assurance *(pause)*. Puis laissez-vous flotter dans les airs, comme si vous voliez à votre rythme pour revenir vers la pièce où se trouve votre corps physique *(longue pause)*. Et tout en revenant à votre rythme, vous laissez votre partie inconsciente enseigner ce geste à votre corps et à votre partie consciente afin qu'à partir de maintenant vous puissiez facilement refaire ce geste dans votre vie de tous les jours pour vous sentir plus confiant *(pause)*. S'il est bon et efficace pour vous, vous pouvez garder ce geste d'ancrage aussi longtemps que vous le souhaitez dans votre vie de tous les jours. Si un jour vous désirez en changer, il suffit d'appeler le personnage à nouveau, ou un autre, et de lui demander un nouveau geste qui soit encore meilleur pour vous *(pause)*. Et maintenant vous revenez à votre rythme en prenant plaisir à être dans le temps présent afin de continuer cette journée en pleine forme et plein d'assurance.

Vaincre l'insomnie

Nombreux sont ceux qui n'arrivent pas à dormir la nuit ! Afin de totalement s'en défaire, il est impératif d'identifier la source de votre insomnie, d'en trouver la cause. Ce type de travail s'effectue lors d'une thérapie : hypnothérapie ou autre… Notre exercice va plutôt vous aider à vous endormir à l'aide d'un décompte associé à une visualisation. Il s'agit d'induire le sommeil en suggérant qu'à un certain chiffre, vous entrerez dans une relaxation profonde. La visualisation vous permet d'approfondir la relaxation par images.

Choisissez un endroit agréable pour vous installer confortablement dans votre lieu ressources *(longue pause)*. Voilà *(pause)*. Imaginez un soleil, un très beau soleil, comme on aime en voir *(pause)*. Il est chaud, bienveillant, à la température idéale pour vous *(pause)*. Il vous apparaît peut-être comme une grande image devant vos yeux fermés. Ou bien comme s'il était là, dans le ciel. C'est votre façon de vous représenter ce soleil et c'est très bien comme ça *(pause)*. Profitez des rayons du soleil qui vous régénèrent *(longue pause)*. Sur votre lieu ressources, c'est bientôt la fin de la journée. Alors ce soleil va aller se coucher comme tous les jours. Se reposer, se recharger pendant la nuit *(pause)*. Pour réapparaître demain en pleine forme, rayonnant *(longue pause)*. Alors, pendant que ce soleil, votre soleil, se couche lentement, je vais compter de 10 à 1 lentement. Et pendant toute la durée qui s'écoule entre 10 et 1, le soleil va pro-gres-si-ve-ment se coucher. Et dans le même laps de temps, vous allez vous autoriser à entrer dans un sommeil de plus en plus profond. Lorsque vous serez arrivé au chiffre 1, vous serez dans un sommeil profond et agréable le temps que vous souhaitez et qui vous est nécessaire *(pause)*. 10, le soleil commence doucement sa descente *(pause)*. Rappelez-vous : à chaque chiffre, vous approfondissez de plus en plus cette relaxation agréable. 9, vous êtes de plus en plus détendu, tout se passe très bien *(pause)*. 8, le soleil continue de descendre et vous continuez de vous relâcher.

C'est très bien *(pause)*. 7, tout se passe parfaitement bien, une partie de vous reste consciente pendant qu'une autre partie de vous commence à entrer en connexion avec votre partie inconsciente *(pause)*. 6, le soleil descend toujours, il est peut-être moins chaud et à votre rythme vous continuez de vous apaiser *(pause)*. 5, maintenant le soleil est encore plus bas : plus il descend, plus vous approfondissez votre relaxation. Voilà *(pause)*. 4, il est possible qu'en descendant, le soleil change de luminosité, de couleur, et vous observez ces modifications avec sérénité, comme un spectacle magnifique. Le coucher du soleil invite au repos, à la douceur de vivre, à la plénitude et c'est très agréable *(pause)*. 3, pendant que le soleil continue de se coucher, vous pouvez laisser votre esprit vagabonder au profit de belles images, de douces sensations, vous êtes libre de penser ce que vous souhaitez, ce qui est bon pour vous *(pause)*. 2, le soleil est presque couché, et vous profitez de ce moment de détente pleinement *(pause)*. 1, le soleil est couché maintenant. Et vous, vous êtes dans une relaxation très très agréable. Un état que vous garderez aussi longtemps que vous en avez envie et le temps qu'il vous est nécessaire pour bien vous reposer et vous recharger *(pause)*. Vous pourrez dormir paisiblement et profondément le temps que vous souhaitez. Bien entendu, en cas d'urgence, vous pourrez vous réveiller *(pause)*. Profitez de ce sommeil pour vous défaire de tout votre stress et accueillir tout ce qui est bon et positif pour vous, toutes les images de sérénité qui approfondissent encore plus votre sommeil *(longue pause)*. Toute l'énergie que vous mettiez *(pause)* avant *(pause)* à rester éveillé *(pause)*, cette énergie va *(pause)* maintenant *(pause)* pouvoir être utilisée à créer de nouvelles idées, de nouveaux projets positifs pour vous, pour votre vie et vous pouvez laisser votre partie inconsciente tisser ces nouveautés bonnes pour vous *(longue pause)*. Continuez à profiter de ce sommeil agréable *(longue pause)*. Lorsque vous vous réveillerez, vous serez dans une forme étonnante. Vous serez bien reposé et prêt à vivre votre journée de façon fluide et efficace, incroyablement en forme *(pause)*. Continuez à profiter de ce sommeil profond et réparateur.

Programmer une réussite

Choisissez un événement, une situation que vous avez envie de vivre dans un temps donné (est-ce demain ? dans un mois ? dans six mois ?). Bien entendu, votre vœu doit être réalisable concrètement et être en cohérence avec votre axe de vie ! Sinon, votre partie inconsciente ne vous autorisera pas à prendre une route qui n'est pas dans la logique de votre évolution et votre souhait ne pourra se réaliser... Lorsque c'est le moment pour vous de réaliser ce vœu, tout se fait facilement. Voilà pourquoi il est bon de répéter cet entraînement jusqu'au moment que l'inconscient aura choisi pour que l'événement se réalise. Choisissez ensuite un moyen de traverser le temps et l'espace (comme indiqué en régression : nuage, fusée, ballons, tapis volant, etc.), mais cette fois-ci votre partie inconsciente va vous diriger non pas vers le passé, mais vers votre futur proche.

Une fois dans votre lieu ressources, laissez-vous transporter à travers le temps et l'espace par votre moyen de locomotion préférable pour vous. Je ne sais pas si ce sont des ballons, ou une fusée, un tapis volant? Ou un autre moyen que vous avez trouvé et qui vous est agréable pour traverser le temps et l'espace? Vous allez retrouver ce moyen-là mainte-nant *(longue pause)*. Voilà *(pause)*. Un moyen de voyager à travers le temps et l'espace. Pendant que vous restez tranquillement dans votre présent à vous reposer *(longue pause)*. Et ce moyen de loco-motion est conduit par votre instance supérieure : votre partie inconsciente qui connaît tout de vous et qui désire uniquement vous montrer le chemin du bien-être *(pause)*. Alors, laissez-vous porter par votre partie inconsciente qui vous guide maintenant vers un moment de votre futur proche, dans… *(nommer le temps : par exemple dans trois jours, dans deux mois… et pause)*. Hors du temps, hors de l'espace, vous voyagez vers ce moment de votre futur proche *(longue pause)*. Voilà. Vous vous retrou-vez dans ce moment du futur, dans… *(une semaine, quinze jours, un mois…)* alors que vous réalisez votre désir *(nommez le désir)*. Vous êtes en train de réaliser votre désir *(le nommer à nouveau)*. C'est ce que vous vouliez. Et c'est bien agréable de pouvoir réaliser ce désir-là *(longue pause)*. Vous êtes fier de réaliser ce désir. C'est un beau moment. Notez tout ce qui se passe autour de vous et en vous. Quelles sont les émotions agréables? Quelles sont les sen-sations agréables? Vivez cela. Et je vous laisse vivre cela pendant le temps qu'il vous est nécessaire *(longue pause)*. Continuez de vivre ce moment du futur désiré *(longue pause)*. Tandis que vous conti-nuez de vivre tout ce désir pleinement, votre partie inconsciente enregistre toutes vos capacités à avoir réalisé votre désir comme vous le souhaitiez *(longue pause)*. Et votre esprit inconscient va se souvenir de tout pour vous faire vivre pleinement toutes ces sen-sations quand vous le souhaitez *(longue pause)*. Et tandis que vous gardez en vous toutes ces sensations agréables, vous allez repartir et traverser à nouveau le temps pour revenir au temps présent en prenant le temps qu'il vous est nécessaire *(longue pause)*. Vous revenez de ce voyage plus riche puisque votre inconscient a déjà programmé votre futur proche qui vous fait plaisir *(pause)*. Prenez le temps de bien revenir au temps présent, ici et maintenant à votre rythme.

En finir
avec les injonctions négatives

Depuis notre venue au monde, nous sommes nourris de petites phrases percutantes qui s'inscrivent au plus profond de nous. Il y a des attentions qui nous portent, nous éveillent et nous guident. D'autres petites phrases résonnent plus négativement et nous empêchent d'avancer. Elles sont lancées inconsciemment par les proches, les professeurs, les amis... «Tu n'y arriveras jamais!», «Tu te feras toujours avoir, toi!», «Je me demande qui pourrait te supporter!», etc. L'exercice suivant permet de se délivrer de ces injonctions négatives afin d'avancer tel que vous avez envie d'être.

Installez-vous confortablement dans votre lieu ressources. Dans un endroit très sécurisant, où vous vous sentez bien *(longue pause)*. Voilà, installez-vous comme vous le souhaitez *(longue pause)*. Vous êtes chez vous, en toute sécurité *(pause)*, où vous pouvez tout contrôler *(pause)*. Tout contrôler *(longue pause)*. Vous allez trouver près de vous un papier et un stylo. Le papier est comme vous le souhaitez. Je ne sais pas si c'est un parchemin, un papier à en-tête, un papier coloré ou une page de cahier d'écolier. Accueillez le premier papier qui vient, puis accueillez aussi le stylo qui vous est donné *(longue pause)*. Écrivez votre prénom tout en haut de la page et inscrivez : « Liste de mes phrases négatives » *(longue pause)*. Très bien *(pause)*. Maintenant je vous laisse écrire à votre rythme toutes les injonctions négatives que vous avez pu entendre au fil de votre existence. Toutes les injonctions négatives qui vous ont blessé. Toutes les petites phrases qui vous ont fait mal et qui continuent de vous empêcher de vivre votre vie pleinement *(longue pause)*. Prenez votre temps pour faire votre liste *(très longue pause)*. Voilà *(longue pause)*. Continuez à inscrire vos phrases négatives, ces phrases qui vous empêchent de vivre comme vous le souhaitez *(très longue pause)*. Une fois que vous avez terminé d'écrire cette liste d'injonctions négatives, relisez-la tranquillement sans vous juger et sans juger les auteurs de ces phrases *(longue pause)*. Pendant que vous lisez cette liste, votre esprit inconscient note toutes ces phrases dont vous désirez vous débarrasser *(pause)*. Voilà *(longue pause)*. Maintenant regardez autour de vous, vous allez trouver le moyen de faire du feu. C'est peut-être un briquet, ou une boîte d'allumettes, ou une vasque contenant déjà du feu. Acceptez ce qui vient puis annoncez : « Je vais brûler toutes ces phrases qui m'empêchaient d'avancer. Je vais m'en délivrer pour être libre et continuer ma vie avec plus de légèreté. » Votre partie inconsciente désagrège en vous toutes ces phrases négatives au fur et à mesure qu'elles brûlent dans le feu *(longue pause)*. Sentez à quel point ce feu vous fait plaisir, vous rend libre, vous délivre *(longue pause)*. Prenez plaisir à voir brûler tous vos freins *(longue pause)*. Voilà *(longue pause)*. Savourez ce moment le temps qui vous est nécessaire *(pause)*. Puis lorsque vous reviendrez dans votre corps physique, vous pourrez sentir à ce moment-là, ou plus tard dans votre vie réelle, à quel point vous êtes libre de vivre comme vous le souhaitez, délivré des anciennes phrases du passé. Revenez bien dans le présent. Ici et maintenant, à votre rythme, libéré.

À l'écoute
de votre guide intérieur

Ce dernier exercice sera d'autant plus efficace si vous vous êtes bien entraîné régulièrement à l'autohypnose. Il demande un accueil total des informations et des visualisations qui vous seront données. Ne tentez pas d'influer sur les réponses, elles doivent venir naturellement. Si rien ne vient, c'est que ce n'est pas le moment pour vous de comprendre consciemment certains éléments. Rappelez-vous que votre partie inconsciente détient vos clefs du bien-être. Mais elle détient également des notions de « moment » qui nous dépassent. Ainsi, parfois il est préférable de connaître certaines réponses ou certaines voies plus tard. Faites-vous confiance, et faites confiance à la vie…

Bien installé dans votre lieu ressources, vous profitez de ce moment de plaisir pleinement et à votre rythme *(longue pause)*. Prenez le temps de vous promener, de laisser vos pas vous guider là où vous devez aller *(longue pause)*. Faites confiance à votre partie inconsciente qui vous guide toujours vers le meilleur chemin *(longue pause)*. Plus vous êtes en lien avec votre esprit inconscient, plus votre intuition se développe, et c'est très bien comme ça *(longue pause)*. Vos pas continuent de vous guider vers un endroit qui vous semble encore plus sécurisant, encore plus lumineux *(longue pause)*. Vos pas vous guident toujours et vous sentez maintenant que vous allez faire une rencontre importante. Une rencontre essentielle *(longue pause)*. Dans quelques instants, vous allez pouvoir percevoir votre guide intérieur *(longue pause)*. Maintenant vous allez percevoir votre guide intérieur *(longue pause)*. Là au bout de ce chemin, dans un endroit chaleureux et lumineux *(pause)*. Laissez les images venir à vous sans jugement ni surprise *(pause)*. C'est peut-être un vieux sage, une fée, un ange, un personnage mythique, un proche qui a quitté cette terre et qui vient vous aider, un animal, une lumière, un souffle d'air... Accueillez sans jugement l'image qui vient maintenant de votre guide *(longue pause)*.

Remerciez-le d'être venu jusqu'à vous *(pause)*. Regardez et observez tout ce que vous aimez chez ce guide. Il y a en lui un rayonnement qui vous touche, sans besoin de savoir ni pourquoi ni comment *(longue pause)*. Vous êtes relié à ce rayonnement *(pause)*. Ce guide vous révèle tout ce que vous avez de plus puissant en vous. Il détient vos codes personnels, ceux de votre famille, ceux de vos ancêtres, et même ceux de l'univers. C'est un puits de savoir et de sagesse dont les conseils sont précieux pour vous car il vous dévoile ce que vous devez apprendre au moment où vous êtes prêt à l'entendre *(longue pause)*. Il est possible que vous puissiez mentalement communiquer avec lui, des phrases qui vous arrivent de façon auditive ou intuitivement, peu importe la façon dont vous communiquez avec votre guide, ce qui est important, c'est de communiquer, de se comprendre *(longue pause)*. Et peut-être qu'il est difficile de communiquer et c'est très bien aussi car ça signifie que vous devez trouver le moyen de le comprendre. Alors posez une question simple, une question qui appelle une réponse affirmative et dont vous connaissez déjà la réponse au fond de vous, puis attendez sa réponse pour savoir comment votre guide vous dit « oui ». Accueillez sa façon de dire « oui », c'est peut-être un hochement de tête, ou un changement de vibration, de couleur, laissez vos sens à l'écoute de ce « oui » *(longue pause)*. Et quand vous le souhaitez, vous pouvez poser une autre question qui appelle une réponse affirmative pour bien vous familiariser avec les réponses affirmatives de votre guide *(longue pause)*. Voilà, vous pouvez le remercier *(pause)*. Maintenant, permettez-vous de poser une question qui génère une réponse négative. Vous connaissez déjà la réponse à votre question, vous voulez juste savoir comment votre guide dit « non », essayez… *(longue pause)*. Vous avez peut-être senti le changement dans son attitude, dans son apparence lorsqu'il vous dit « non ». Maintenant posez une autre question qui appelle un autre « non » pour confirmer la façon de dire « non » de votre guide *(longue pause)*. Voilà, remerciez-le *(pause)*. Maintenant que vous avez commencé à communiquer avec votre guide, je vous laisse discuter ensemble et vous allez pouvoir lui poser une question qui est essentielle pour vous aujourd'hui, dans votre vie *(très longue pause)*. Remerciez bien votre guide d'être là et de communiquer ainsi avec vous *(longue pause)*. Il vous donne sa réponse, son avis, son conseil. Ce que vous devez savoir aujourd'hui *(longue pause)*. Accueillez simplement ce qui vient, sans juger *(très longue pause)*. Prenez le temps qu'il vous faut *(très longue pause)*. Lorsque vous avez fini, vous pouvez lui dire au revoir car vous reviendrez le voir quand vous le souhaiterez, maintenant que le contact est fait, vous prendrez plaisir à venir discuter avec lui, à écouter ses conseils. Plus vous parlerez avec lui, plus vous aurez d'informations concernant votre route, ce qui est bon pour vous *(longue pause)*. Ce guide vous permet d'être en harmonie avec toutes les parties en vous. C'est une aide précieuse. Profitez de sa sagesse le temps que vous voulez *(très longue pause)*. Puis, à votre rythme, vous laissez des vibrations lumineuses vous transporter dans le temps présent ici et maintenant *(pause)*. Revenez bien dans le temps présent en rapportant le conseil, le message qui est pour vous *(longue pause)*. Revenez bien à votre rythme ici et maintenant en profitant de ce conseil dans votre vie réelle, dans votre vie de tous les jours. Laissez-vous surprendre par tous les changements positifs que cette rencontre va maintenant générer dans votre vie!

TABLE

TROISIÈME PARTIE
Pratiquer l'autohypnose

**Pour contacter l'auteure
et obtenir des informations
sur les séminaires d'hypnose
http ://www.hypnoresonance.com
http ://www.hypnonatal.com**

Composition Interligne,
Loncin

Achevé d'imprimer en mars 2010
sur les presses de Normandie Roto Impression s.a.s.
à Lonrai (Orne)
pour le compte des Éditions Payot & Rivages
106, bd Saint-Germain – 75006 Paris
N° d'imprimeur : 101133
Dépôt légal : avril 2010

Imprimé en France